文春文庫

奔《はし》れ、空也

空也十番勝負（十）

佐伯泰英

文藝春秋

目次

第一章　隠居のお節介　13
第二章　柳生の庄　81
第三章　女人高野　148
第四章　身を斬らして　213
第五章　懐かしき郷　288
あとがき　356

「空也十番勝負」 主な登場人物

坂崎空也（さかざき くうや）

江戸神保小路にある直心影流尚武館道場の主、坂崎磐音の嫡子。父の故郷・豊後関前藩から、十六歳の夏に武者修行の旅に出る。

渋谷眉月（しぶや まゆつき）

薩摩藩八代目藩主島津重豪（しまづ しげひで）の元御側御用、渋谷重兼の孫娘。父は重恒。

佐伯彦次郎（さえき ひこじろう）

安芸広島藩浅野家重臣佐伯家の次男。間宮一刀流の剣術家。下男の伴作、愛鷹の千代丸と共に武者修行で諸国を巡る。

薬丸新蔵（やくまる しんぞう）

薩摩藩領内加治木から武名を挙げようと江戸へ向かった野太刀流の若き剣術家。長左衛門兼武と改名。

坂崎磐音（さかざき いわね）

空也の父。故郷を捨てざるを得ない運命に翻弄され、江戸で浪人となるが、剣術の師で尚武館道場の主だった佐々木玲圓（れいえん）の養子となる。

おこん

空也の母。下町育ちだが、両替商・今津屋での奉公を経て磐音の妻に。

睦月《むつき》　空也の妹。

中川《なかがわ》英次郎《えいじろう》　勘定奉行中川飛騨守忠英《ただてる》の次男。睦月の夫。

霧子《きりこ》　姥捨の郷で育った元雑賀衆の女忍。嫡男は力之助。

重富《しげとみ》利次郎《としじろう》　尚武館道場の師範代格。豊後関前藩の剣術指南役も務める。霧子の夫。

速水《はやみ》左近《さこん》　将軍の御側御用取次。磐音の師、佐々木玲圓の剣友。おこんの養父。

田丸《たまる》輝信《てるのぶ》　尚武館小梅村道場の道場主。妻は早苗。

向田《むこうだ》源兵衛《げんべえ》　尚武館小梅村道場で後見を務める。

小田《おだ》平助《へいすけ》　尚武館道場の客分。槍折れの達人。

松浦《まつうら》弥助《やすけ》　元公儀御庭番衆吹上組の忍。霧子の師匠。

季助《きすけ》　尚武館道場の門番。

品川《しながわ》柳次郎《りゅうじろう》　尚武館道場に出入りする磐音の友人。母は幾代。

竹村《たけむら》武左衛門《ぶざえもん》　尚武館道場に出入りする磐音の友人。陸奥《むつ》磐城平《いわきたいら》藩下屋敷の門番。

越前
丹後
若狭
美濃
但馬
小浜城
竹生島
丹波
鞍馬山
近江
播磨
愛宕山
祇園感神院
姫路城
四条大橋
摂津
山城
明石城
伊賀
妻鹿
大坂湊
柳生
魚ノ棚
河内
伊勢
室生寺
和泉
淡路
蒸尊院
大和
洲本
和歌山城
和歌浦
高野山
大台ヶ原
内八葉外八葉
姥捨の郷
金剛峯寺
紀伊
潮岬

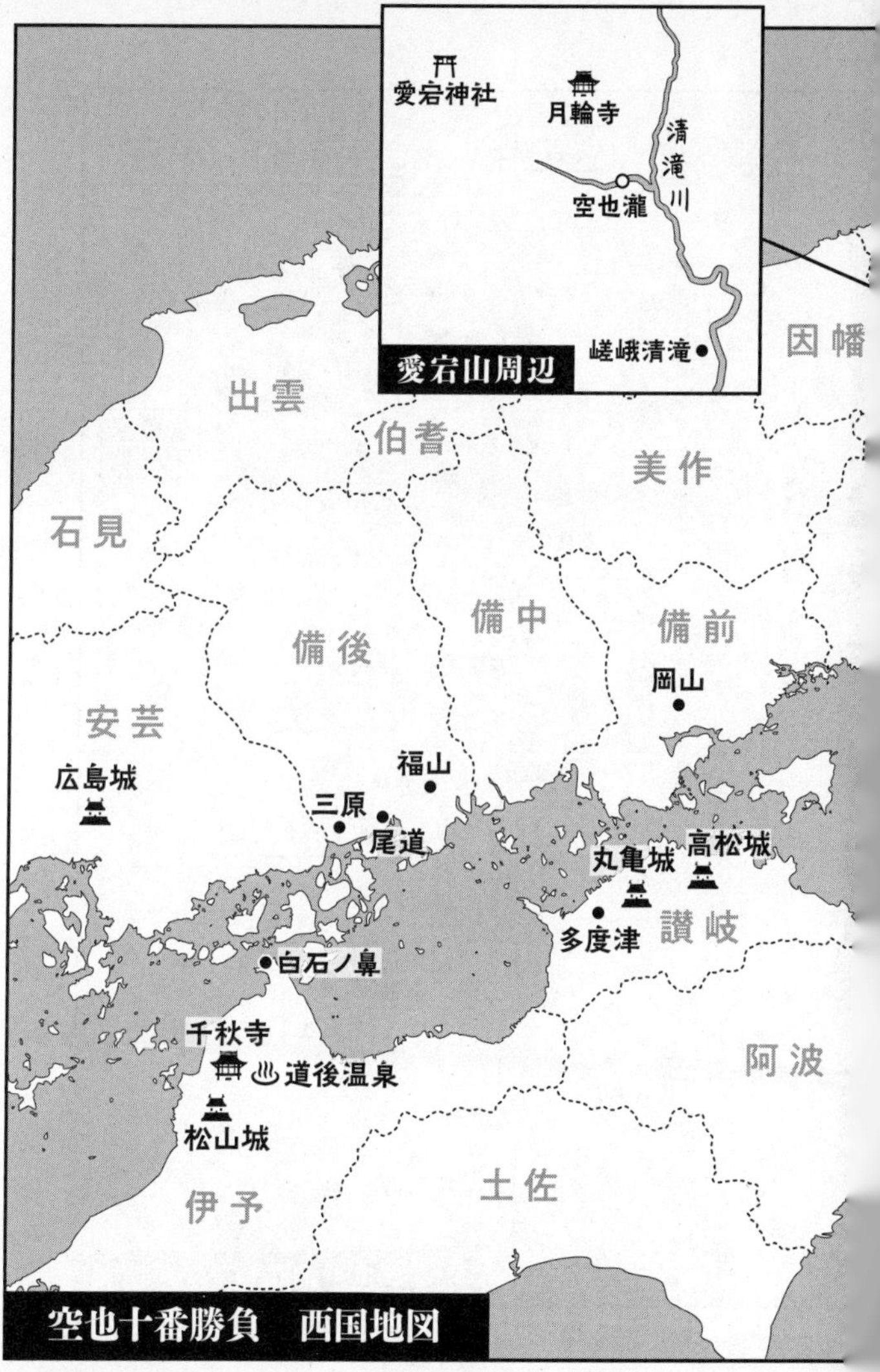
愛宕神社
月輪寺
清滝川
空也瀧
嵯峨清滝
愛宕山周辺
因幡
出雲
伯耆
美作
石見
備中
備前
備後
岡山
安芸
広島城
福山
三原
尾道
丸亀城
高松城
讃岐
多度津
白石ノ鼻
千秋寺
道後温泉
阿波
松山城
土佐
伊予
空也十番勝負　西国地図

東叡山
寛永寺
新吉原
山谷堀
尚武館小梅村道場
竹屋ノ渡し
向島
忍ケ岡
上野
下谷車坂町
浅草
待乳山
聖天社
今戸橋
三囲稲荷
不忍池
浅草寺
花川戸町
田原町
常泉寺
小梅村
下谷広小路
新寺町通り
新堀川
浅草広小路
吾妻橋
源森川
安藤家
下屋敷
業平橋
湯島天神
御厩河岸ノ渡し
品川家
首尾の松
北割下水
十間川
吉岡町
今津屋
本所
法恩寺橋
和泉橋
新シ橋
天神橋
筋違橋御門
柳原土手
浅草御門
石原橋
南割下水
両国橋
入江町
横川
小伝馬町
薬研堀
回向院
松井橋
竪川
一石橋
浮世小路
大川
六間堀
鰻処宮戸川
魚河岸
新高橋
猿子橋
日本橋
呉服町
日本橋川
新大橋
小名木川
万年橋
鎧ノ渡し
霊巌寺
永久橋
深川
砂村新田
亀島橋
楓川
八丁堀
霊岸島
永代橋
佐賀町
金兵衛長屋
仙台堀
永代寺
鉄砲洲
富岡八幡宮
堺橋
佃島
越中島
空也十番勝負　江戸地図

護国寺
中山道
日光御成街道
小石川
伝通院
本郷
下谷茅町
石切橋
牛込
豊後関前藩上屋敷
神田明神
水道橋
神田川
牛込御門
稲荷小路
表猿楽町
尚武館道場
駿河台
昌平橋
田安御門
市谷八幡宮
神保小路
九段坂
俎橋
雉子橋
市谷御門
一橋御門
千鳥ヶ淵
善国寺谷通
鎌倉河岸
四谷
麹町
江戸城
神田橋
四谷御門
本丸
大手御門
半蔵御門
道灌堀
西の丸
紀尾井坂
平川天満宮
和田倉御門
赤坂御門
馬場先御門
鍛冶橋御門
南町奉行所
京橋
数寄屋橋御門
清水谷
溜池
三原橋
木挽橋
幸橋御門
氷川明神
原宿
薬丸道場
愛宕権現
芝口橋
木挽町

奔れ、空也

空也十番勝負（十）

第一章　隠居のお節介

一

空也《くうや》は奔《はし》っていた。

ひたすら朝も昼も夕べも夜も奔っていた。

近江国琵琶湖《おうみのくにびわこ》東岸を南西に向かって奔り、東海道を瀬田《せた》付近で横切った。疲れれば道端で見つけた寺の軒先や床下を借りてわずか半刻《はんとき》(一時間)ほど眠った。眼を覚ますと、腰に下げた竹筒の水を飲み、奔り出す。そうして瀬田川沿いに茶どころ宇治《うじ》に出た。

腹が空《す》いた折りに見つけためし屋に入り、

「なんぞ食わせてくだされ。銭《ぜに》は持っております」

とめし屋のお婆に願った。

「おい、おまえさん、なにから逃げておるんや」

宇治宿外れの、行く手に険《けわ》しい山が立ち塞《ふさ》がっためし屋に馬をつないだ馬子《まご》が汗みどろの空也に尋ねた。

「逃げてはおりません」

「ならばなんや、血相変えて走ってきたんは。うん、どこから来た」

「近江の彦根《ひこね》城下から奔ってきました」

空也は木刀を店の壁に立てかけた。

「な、なに、近江彦根からやと。相棒、宇治までどれほどあるか」

と仲間に問い、

「まっつぐに走って十五里、いや、十八里か」

「鳥じゃねえよ。道中はくねくねと曲がり、山坂も川もあらあ」

「となると五十里はあるな」

と相棒と呼んだ仲間が自ら答えた。

「どこへ行くよ」

「大和国《やまとのくに》を目指しております」

「ここは山城《やましろ》の宇治だぞ。大和は広いぞ、どこへ行く」

「さあて」

と空也はひと息ついて首を捻《ひね》り、

「ああ、お婆、大きな握りも三つつけてくだされ」

「あいよ。仁王様《におうさま》のように大きいな。われの倍の背丈はあるぞ」

と腰の曲がった老婆が空也の傍《かたわ》らに立った。

「おお、婆さんは半分もねえ。若い衆、背丈はどれほどだ」

「六尺四寸ほどでしょうか」

「おうおう、その体でなにをしようというのだ」

相棒と仲間に呼ばれた馬子が訊《き》いた。

「武者修行の最中です」

「む、武者修行なんて今どきあるか」

「あるかないかしらんが、この若い衆ならやりかねないぞ」

と最初に声をかけた馬子が仲間に応じた。

「太い木刀はこけおどしか」

と木刀を気にして、

「まあ、そんなところです」

　と空也があっさりと答えた。

「お侍はん、武者修行の始まりはどこどした」

　めし屋で茶を喫《きっ》していた旅の老人が訊いた。男衆《おとこし》と女衆《おんなし》それぞれひとりの供を連れた、京辺りの老舗《しにせ》の隠居と思《おぼ》しき風体《ふうてい》だった。

「はい、薩摩《さつま》でした」

「おやおや、西国の雄、薩摩な、そりゃ無茶や」

　老人の言葉に空也は笑みで応じた。

「ご隠居、なにが無茶や、仁王様ならなんとかなろう」

「馬子さんや、薩摩は他国者《よそもの》が入国するのは厳しい国として知られておりますんや。京ではよう知られたことや。いくら仁王様でも無理やろ」

　剣術に関心がある体《てい》の老人が繰り返したとき、めし屋の老婆が空也の膳《ぜん》を運んできた。

　大根の味噌《みそ》汁《しる》に豆腐となにやら獣の肉を煮込んだ菜、たくあんの載ったどんぶり飯は大盛りの麦飯だった。

「おお、うまそうな食事にござるな」

と洩《も》らした空也は合掌《がっしょう》して感謝した。そして、ひと口大根の味噌汁を飲んでにっこりと笑った。

「婆さんの味噌汁がうまいか」

と馬子が尋ねた。

「この味噌汁以上のものは食したことはございません」

「ふーん、若いわりには如才《じょさい》がねえ」

相棒の馬子がいい、空也はどんぶりの麦飯を食してまた満足げに微笑《ほほえ》んだ。

「そなたはん、江戸のお方か」

空也の食べ方に興味を示したか、老人が問うた。

「はい、江戸育ちです」

「それで武者修行の最初の修行先が真《まこと》に薩摩どすか」

「父の故郷が豊後国関前《ぶんごのくにせきまえ》城下ゆえ、関前から身内に見送られて薩摩に向かいました。国境を越える折り、半死半生《はんしはんしょう》で川内川《せんだいがわ》の葭原《あしはら》に浮かんでいたところを菱刈郡《ひしかりごおり》麓館《ふもとやかた》の主人らに助けられたのです」

空也の言動を吟味するようにしばし間を置いた老人が、

「そなたはんの言葉をこの年寄り、信じましたわ」

と最前の考えを変えたように言った。

「一年九月ほど薩摩の剣法を学びました」

うんうん、と老人が自分に言い聞かせるように頷《うなず》いた。そこへふたり連れの浪々の剣術家と思しき風体の男が入ってきて、

「老人、武者修行など怪しげやぞ。こやつ、薩摩入国などとほらを吹いて年寄りの関心を惹《ひ》いておるのだ」

とひとりが言い放った。

ふたりは最前からの問答をめし屋の前で聞いていたと思われた。

「浪人はん、わては信じます。この若い衆の言葉をな」

「なに、こやつが薩摩で修行したことを信じるとな」

「いかにもさようどす。この侍はんの眼は嘘《うそ》をついておまへん。なによりこの食いっぷりが素直な生き方を示していますがな」

「そのほうを騙《だま》して銭をたかる心算《つもり》やぞ」

と剣術家が言ったとき、空也はどんぶりの麦飯を食して、

「お婆様、どんぶりのお代わりを願いたい」

と二杯目の麦飯を乞《こ》うた。

「おうおう、うちの麦飯が美味《うま》いか。あんたはんの食いっぷりは大したもんやで、のう、ご隠居」

とめし屋のお婆が客の老人に同意を願った。

「おお、人間の性分はめしの食い方に現れますよってな。食いっぷりは真っ正直さを表してますわ」

と言い切った。

「爺も婆も若いやつに甘いのう」

ともうひとりの浪人者が空也の立てかけた木刀に眼をやり、いきなり摑《つか》んで、

「これを振り回すとな、やはりこやつは虚言を弄《ろう》しておるわ」

と仲間に差し出した。

「ご両人、めし屋のなかでは振り回してはなりませんぞ」

と空也が注意したとき、二杯目の麦飯が運ばれてきた。

「兄さん、味噌汁のお代わりはどや」

「はい、頂戴《ちょうだい》します」

と願った先でふたりの浪人者が、

「池谷《いけたに》、こりゃ、木刀ではないわ。ただの木の棒じゃぞ」

「おお、こやつ、こけおどしじゃ。かように重い木枝を振り回せるものか」

と言い合った。

「ご両人、薩摩の古人《いにしえびと》はさような重さのものを木刀《ぼっと》と称して、『朝に三千、夕べに八千』の素振《すぶ》りを行ってきました。試してみませんか」

「われらに試せだと」

ふたりの浪人者が見合った。

「かような棒を振り回してなんの役に立つ」

「与三郎《よさぶろう》、それよ。こけおどしといったのは」

ふたりの問答を聞いていた馬子が、

「あんたら、その木刀振り回せんのかいな」

と質《ただ》した。

「本気を出せば大したことではない。だがな、かような木切れはこやつのこけおどしの道具に過ぎんわ」

「ふーん、ならば本気を出してみんね」

「馬方《うまかた》、わしが振り回せば次の宿場までただで馬に乗せていくか」

「面白いな、そや、三千だ、八千とは、いかにも大仰《おおぎょう》な数やな。どうだ、百回ほど振り回したらおめえさん方が望む宿場に馬で送って行こう」

と馬子まで言い出した。

「よし、与三郎、それがしに棒切れを貸せ」

もうひとりが受け取り、両手に握って構えてみせた。それだけで腰が浮き上がったように見えた。浪人は慌《あわ》てて木刀の柄《つか》部分から一尺ほど前に両手を移した。

「それでは柄頭《つかがしら》が体に当たって素振りは出来ませんぞ。まず中段から正面にゆっくりと振り落としてみませんか」

空也は二杯目のどんぶりの麦飯を食いながら忠言《ちゅうげん》した。

「くそっ、出来るわけもないことをこやつ、めしを食いながら命じおるわ」

「池谷、それがしがやる」

と与三郎の手に木刀が戻った。ふたりのなかでは与三郎のほうが足腰はしっかりとして腕も太く見えた。

「よし、いくぞ」

と上段に構えた与三郎が一気に振り落とした。が、体が前のめりになり、

「嗚呼《ああ》」

と叫んで地面に倒れ込んだ。

「おやおや、百回どころか一回もダメやて、あきまへんな。わしら、馬に乗せてもいいが倍の銭をもらうで」

空也は二杯目の麦飯を平らげ、

「与三郎さん、腕の筋を違えていませんか」

「なに、そのほう、真にこの木刀が振り回せるか、やってみよ」

「めしの途中ですぞ。ちょっとだけならば」

と立ち上がった空也が倒れ込んだままの与三郎から木刀を取り上げると、

「薩摩剣法、野太刀《のだち》流、またの流儀名、薬丸《やくまる》流の続け打ちにござる」

と断わるや右足を前に右蜻蛉《とんぼ》に構えると右、左と交互に打ち込みをしながら速度を速めていった。

木刀が虚空を裂く音が、

「ビュンビュンビュン」

と辺りに響いた。それを見たふたりの浪人剣術家がそろりとめし屋の前から離れて、駆け出していった。

「おい、若い衆、もうあのふたりは、おらんがな。木刀を振り回すのは止《や》めてくれんね」

と馬子が言った。

空也が素振りを続けながら、

「素振りは始まったばかりですぞ。三千を終えるには半刻以上かかります」

「もういい、めし屋の婆さんがおまえさんの素振りを見て、残り物の煮魚を出してくれたぞ」

「ならば三杯目のどんぶり飯を頂戴します」

と素振りを止めた空也は、

「煮魚まで馳走《ちそう》になってめし代はいくらでしょうか」

と勘定《かんじょう》を案じたものだ。

半刻後、空也は山城国から大和国の国境へ向かって南に下っていた。その傍らには馬に乗った京の老舗袋物問屋かつらぎの隠居の又兵衛《またべえ》と姪《めい》のひさ子のふたりに徒歩《かち》の手代の康吉《こうきち》が従っていた。馬子は宇治のめし屋でいっしょになったふたりだ。

めしを食い終えた空也がめし代を払おうとすると、すでにかつらぎの隠居が支払っていた。

「ご隠居、それがし、めし代くらい持参しておりますぞ」

「とは承知していますがな、あの木刀振りを見物したお代です」

と言ったものだ。そして、

「そなたさんの名は何と申されますな」

「おお、それがし、坂崎《さかざき》空也です」

「空也さんかいな、いい名どすな」

と応じた隠居が自分たちの名を名乗り、

「わてら、用事を兼ねて大和国室生寺《むろうじ》のお参りに行くところです。空也はん、武者修行は急ぎ旅ですかな」

「はあ、武者修行は一生涯続くことだと思います。ゆえに近江から宇治まで駆け通してきましたが、あれは体を鍛えるためです。ゆったりと旅することもまた武者修行かと存じます」

「ならばしばらくわてらの旅に同行してもらえまへんか。空也はん、室生寺がどこにあるか承知かいな」

「いえ、存じません」

「わてらが詣《もう》でる室生寺もあんたはんの行かはる大和にありますのや。京から室生寺まで三十数里ほどやろか、うちらの足やさかい、片道七、八日はかかりましょうな。帰りはゆったりと戻りますさかい、行きだけわてらといっしょしまへんか」

　と言い出した。

「ご隠居、それがし、朝は未明の八つ半（午前三時）には起きて独り稽古《げいこ》をいたします。いえ、旅籠《はたご》の部屋でではございません、近くの河原などで『朝に三千、夕べに八千』の稽古をいたします。迷惑ではありませんか」

「わてらの朝は、旅籠を発《た》つのが六つ半（午前七時）ならば早いほうでな、ぶらぶらと行きますさかい、一日に四里ほどです。朝晩は空也はんの好きにしなされ」

　との言葉で空也は又兵衛の室生寺詣でに付き合うことにした。

「侍はん、最前はえろう奔っておったがな、昼過ぎからはのんびり旅や、なんともいえんな。で、あんたはん、どこで生まれたんや」

　と馬子のひとりが空也に訊いた。

「それがし、生まれは紀伊国高野山《きいのくにこうやさん》の麓、内八葉外八葉《ないのはちようげのはちよう》の姥捨《うばすて》の郷《さと》にござる」

「なんやて、お侍はん、江戸と違うんか、高野山の麓に生まれたんかいな。どないして紀伊の妙な郷生まれになったんや」

「それがしの生まれを話すとなるとひと晩でも済みませんぞ。父母が江戸を離れる事情《わけ》がございまして、姥捨の郷なる地にて生まれたのです」

「空也はん、ご両親が江戸を離れざるをえなかった曰《いわ》くは話せませんか」

と隠居の又兵衛が質した。

「いえ、もうお相手はこの世の人ではございません。ゆえに話せます。ご隠居、わが両親の行いに関心がございますか」

「はいな。わてはな、他人《ひと》様《さま》の来し方を聞くのが好きどす」

との言葉に頷いた空也が、

「父は剣術家です。それも将軍様になるはずの徳川家基《とくがわいえもと》様の剣術指南を勤めておりました。政《まつりごと》に絡《から》んで老中筆頭田沼意次《たぬまおきつぐ》様・意知《おきとも》様の父子と対立するようになったそうです。この時代のことはそれがしが生まれる前ゆえ、実際に見聞したことではありません」

「な、なんと、そなたの父御《ちちご》は田沼意次様といがみ合っていた剣術家はんどすか。魂消《たまげ》ましたわ、親父様の名はなんと申されますな」

「坂崎磐音《いわね》と申します」

「お待ちなされ、ただ今江戸一の官営道場尚武館《しょうぶかん》の道場主ではおまへんか」

「はい、ご隠居は剣術に関心がございますか」

「まあな、相撲《すもう》といっしょでな、剣術好きですわ」

「なんやて隠居、この若い衆の親父様は名のある剣術家か」

と馬子のひとりが訊いた。

「はいな、天下一の剣術家や、その倅《せがれ》はんがこの若い衆や、その木刀を振り回すくらいなんでもおへんな。空也はんは、父御の跡を継ぐために武者修行に出はったんか」

「いいえ、父は父、それがしはそれがし、自分の力を知りたくて薩摩に入りました」

「空也はん、さらりと薩摩に入ったと言わはったが、死ぬ思いを何度も経験してきたんと違いますか」

「江戸の道場ではそれがしの弔《とむら》いの仕度をしたこともあったそうです」

「驚きましたな。わて、えらいお方に供を願いましたわ」

と又兵衛がどことなく安堵《あんど》した表情を見せた。

「父は父、それがしはそれがし、未だなにものでもありません。ただ今は京の老舗のご隠居の用心棒でしょうか」

「用心棒やなんて親父はんの坂崎磐音様に叱《しか》られますわ」

と戸惑う又兵衛の様子に、

「お侍はん、なんやしらんけど、あんたのお父《とっ》つぁんはヤットウがそれほど強いか。今のあんたとどないや」

と馬子のひとりが訊いた。

「それはもう話になりません」

「若いおまえはんが強いか」

「いえ、父上に百たび挑んでも百たびそれがしは道場の床を舐《な》めていましょう」

「ほんまかいな」

と馬子が鞍《くら》の上の又兵衛を振り返った。

「馬子さんや、なんにしてもえらいお方を供にしましたがな。どないしよう」

又兵衛は空也の返答を真偽こき混ぜて聞いたように思えた。

「ご隠居はん、どないもこないもしようがないわ。うちら偶《たま》さかめし屋でいっしょになり、旅する羽目になりましたがな。あ、そやそや、わてら、どこまでご隠居さん方を送っていけばいいやろ」

「あんたらも大和の室生寺詣でにいくかいな」

又兵衛がなにか思い付いたようで馬子に質した。

「えっ、国境こえて大和やて、相棒どうする」

「どうするもこうするもないわ。この若い侍はんが行くんや、わてらも室生寺に行こうやないか。一生に一度あるかなしかの話やがな」

と相棒が言って、差し当たり京の袋物問屋の隠居一行六人と馬二頭の道中が始まった。

二

一行は空也が驚くような山道に入った。標高は高くない。だが、谷間沿いに細く急な山道が続いた。

老人は承知か、平然としていた。

又兵衛隠居が乗る馬が馬子に曳《ひ》かれて先頭を進み、その背後に手代の康吉が従い、さらに二頭目の馬の前を空也が行く。空也は時折り、又兵衛の姪というひさ子を振り返りながらの道中だ。宇治のめし屋でいっしょになった馬子ふたりは初めての山道か、黙り込んだままだ。

「ひさ子さん、そなた、この道を承知ですか」

「いいえ、どこへ抜けるか承知なのは隠居の又兵衛だけです」

とひさ子がかような旅は慣れておるのか答えた。ひさ子の歳《とし》は十七、八歳か。

「空也さんは近江彦根城下から参られたと聞きましたが、その前はどちらにおられました」

「京の北山《きたやま》、鞍馬山《くらまやま》にて修行しておりました。その前は、空也瀧《くうやのたき》にて山中を走り回っておりました」

「ならばかような山道も慣れたものですね」

「はい、と答えたいが、他人様任せはいささか不安です」

との空也の答えにひさ子がころころと笑い声を挙げた。

さらに半刻も進んだところで小さな集落に出た。周りは茶畑ばかりだ。

一行は、この地でしばし足を止めて休んだ。

「空也さんや、この界隈《かいわい》は宇治茶の産地でな、法成寺《ほうじようじ》が有名な和束《わづか》の郷じゃ。馬子はんが初めての山道というのはよう分かります。宇治の馬方が来るところやおへん。この界隈の郷で法成寺に行きとうおますというとだれもが尻込みをしよるわ。この山道の先の木屋《こや》峠を越えると木津川《きづがわ》に出るでな。今宵《こよい》は木屋の郷で泊りやろな」

又兵衛の言葉を聞いた馬子ふたりが安堵の吐息を洩らした。

木屋には流れを利用して材木を郷に下ろす仕事師が泊まる宿があるという。又兵衛の知り合いという宿を借り切って一行は泊まることになった。

一行の頭領又兵衛はひさ子と康吉とともに直《す》ぐに座敷に上がったが、馬子ふたりは法成寺の山道を上り下りした馬を木津川の岸辺に連れて行き、汗を清い水で流して体を拭《ふ》いてやった。

空也は馬子の傍らで「夕べに八千」の素振りを黙々と進めた。

どれほどの刻《とき》が過ぎたか、馬子のひとりが河原に残っていたが、

「お侍、わしら、えらい旅をしてへんか。宇治に戻れるやろか」

と不安げな声で訊いた。

「さよう、ご隠居どのは旅慣れておられるわ。そなたら、案ずる要はなんらないとそれがし思うがな。馬二頭とそなたら馬子ふたりで十日余り旅して宇治に戻るとしてな、いくら費《つい》えがかかるな」

空也は馬子が費えを案じてのことかと思い、尋ねた。

「わしら、馬持ちやで、九十《くじゆう》とふたり一日一分はほしいのう。差し当たって今宵の馬小屋の払いもあるわ。隠居はんの口から一日いくらと聞かされると安心やがな」

「十日だと小判二両と二分か。それがしが又兵衛どのに質してみようか」

「お侍はん、そうしてくれはるか。わしら、安心して明日から旅ができる」

「そなたの名はなんだな」

「熊五郎《くまごろう》や。宇治の九十に熊や」

「分かった。尋ねてみよう」

「助かったわ、お侍はん」

と熊五郎が応じて、

「あんたはん、ヤットウの腕はたしかやな。ご隠居はおまえさんの腕に惚《ほ》れたとちがうやろか。一日いくら稼ぎになるか」

「武者修行は日当を稼ぐ要はない。ご隠居が大和の室生寺に詣でられると聞いたで、同行するだけだ」

「武者修行も旅籠代も要《い》ればめし代もかかるぞ。ご隠居はんが最前のように馳走してくれるかのう」

「さあてな、今宵の旅籠代はなんとなくだが、ご隠居が支払ってくれそうな気がしておる」

「ふーん、武者修行は呑気《のんき》やな」

空也は、京の老舗の袋物問屋かつらぎのご隠居は、室生寺詣でのほかに用事があるような気がしていた。偶さかめし屋で出会った空也や馬子ふたりにまで旅の同行を許したには曰くがあるのではないかと思っていた。

まずは又兵衛に訊いてみようと思った。

「坂崎はんやったな、最前の一件、頼むで」

相分かったという返事を聞いた馬子の熊五郎が旅籠に小走りで消えた。

空也は、素振りを再開した。

どれほど時が経過したか。秋の陽射《ひざ》しが妙見山《みょうけんざん》の向こうに沈んでいこうとしたとき、人の気配に素振りを止めた。

「お稽古の邪魔どしたな、すんまへん」

と手代の康吉が最前から素振りを見ていたか、詫《わ》びた。

「なんぞ御用ですか、康吉どの」

「隠居が坂崎空也様とふたりでお話がしたいそうな。稽古のキリよき折り、お願いできますか」

康吉がなんと江戸言葉で願った。

「康吉どのは江戸のお人かな」

「はい、江戸室町《むろまち》の袋物問屋むさし屋から修業に来ております。ゆえに神保小路《じんぼうこうじ》の尚武館坂崎道場も承知です」

「なんと神保小路を承知のお方とかようなところでお会いしましたか」

と応じた空也は隠居と話す前に康吉と話してみようと思った。その旨を伝えると康吉も頷いた。

「いや、馬子の熊五郎どのがな、話の流れで室生寺までの同行を承知したが、何日もかかる旅ゆえ馬子ふたりと馬二頭の費えはなにがしか払ってもらえるかと案じておるのです」

「そういうことですか。私もご隠居が馬まで宇陀《うだ》へ同道すると申されたとき、いささか驚きました」

「なんぞ曰くがございますかな。ご隠居はお歳のわりには足腰もしっかりとしておられると拝見しましたがな」

「一日五里くらいは平気でお歩きになります」

「となりますと、馬二頭と馬子ふたりまで同行することにはなにか理由《わけ》がおありになる」

「と申すより坂崎空也様が旅に同道してくれることが優先でございましてな、馬子と馬はついでと見ました」

と康吉が言った。

「それがしが宇陀の室生寺まで同行することに意味がありますか、康吉どの」

江戸から京へ修業に来ているという康吉は、空也よりも二、三歳ほど年上であろうか。その康吉が首肯《しゆこう》した。

「そうか、康吉どのの背の風呂敷包みには大金が入っておるのですね」

「はい。京の袋物問屋かつらぎと宀一山《べんいちさん》室生寺は何代も前から深い縁《えにし》がございまして、こたび室生寺本堂修復の費えの一部、京の室生寺の信徒がたから募った五百両を私が持たされております」

「それがしはなんぞ起こった折りの用心棒というわけですか」

「平たくいうとさようです。坂崎空也様は、かような旅はお嫌ですか」

「いえ、室生寺本堂の修復にいささかでも役に立つのならば、これもまた武者修行の一環かと思います。ご隠居のお話もこの一件に絡んでのことですか」

「いかにもさようです。宿に入られたご隠居は、私に『そなた、江戸神保小路の尚武館坂崎道場を承知か』と質されました。私、神保小路の道場を御用の折りに覗《のぞ》いたこともございまして、そなた様の父上坂崎磐音様のお顔を存じております。また嫡子《ちゃくし》の空也様が武者修行中ということも聞かされておりましたゆえ、さようなこともご隠居に申し上げました」

やはり又兵衛は空也の話を頭から信じているわけではなかったのだ。しばし考えた空也は、

「ご隠居にお会いしましょうか」

と康吉に返事をした。

旅籠の一室で会った又兵衛に康吉が空也との問答を告げた。

「ほう、それは手早いことどすな。それで空也はんのご返答はなんやろ」

と隠居が空也を見た。

「ご隠居、承知いたしました」

「有難《ありがた》いことや、なんぞ注文がありますかな」

「ひとつだけ」

と前置きした空也が馬子の願いを告げた。

「なんやさようなことどすか、旅は賑《にぎ》やかがよろし、馬子と馬二頭連れ、景気がよいがな。半金の一両一分、明朝にも前払いします。康吉、この旨、馬子ふたりに告げなされ」

と手代に命じた。

空也は康吉を見送りながら、

「馬子どのは喜びましょう。それがし、かような機会を設けてくださったご隠居に御礼申し上げます、有難うござる」

と感謝し、尋ねた。

「ご隠居、ちとお尋ねしたき儀がござる」

「なんでございましょうな、空也はん」

「京から宇治までご隠居、ひさ子さん、康吉どのの三人で旅して参られましたな。にも拘《かか》わらず宇治のめし屋でそれがしや馬子どのまで道中に加えられた。なんぞ旅に出て、思い当たったことがござろうか。例えば怪しげな人物を見かけられたとか」

ううーん、と隠居が唸《うな》り、

「坂崎空也はん、年寄りの勘みたいなものでな、山城国、つまり京路を出て大和国奈良路《ならじ》に入ったら街道は寂《さび》しゅうなりますがな、年寄り、娘を交えた三人旅、怪しげな強盗の類《たぐい》に眼を付けられやせんかと思い付きましてな、そこへ若武者が、ええ、空也はんがめし屋に立ち寄られた。あのふたりの浪人どもの扱いを見ていて頼りになるお方とお願い申し上げました。ご迷惑でしたかな」

「最前も申し上げました。それがし、かような機会を設けてくださったご隠居に感謝申し上げこそすれ、迷惑などありましょうか。武者修行は、予定があってない旅でございます」

「そう申されると私どもも気が楽になりました」

隠居の又兵衛が答えた。

夕餉《ゆうげ》は馬子を含めて六人、秋の山菜をふんだんに入れた猪鍋《ししなべ》を囲炉裏端《いろりばた》で食した。

「空也はん、酒は飲みはりますか」

「それがし、修行の身、酒は飲みませぬ。ご隠居、それがしを気にせずお飲みなされ。そうだ、馬子どのはどうだな」

「酒ならば浴びるほどに」

「浴びては明日の旅に差し支《つか》えましょう。ご隠居の相手をしてくだされ」

と空也が願った。ひさ子も康吉も酒は飲まぬということで隠居と馬子ら三人が酒を酌み交わし、空也たち三人は猪鍋を楽しんだ。

空也は又兵衛が座敷に寝よというのを断り、馬子といっしょに奉公人が一夜を過ごす控え部屋で休むことにした。馬子たちは又兵衛相手にひとり二合ずつ飲んで部屋に下がっていた。

「お侍はん、わしらといっしょに寝よるか」

「ご隠居の身内ではありません。こちらに寝させてくだされ」

と願った空也は奉公人が泊まる小部屋に布団を敷いてさっさと横になった。

武者修行はどんな粗末な場所でも寝ることを強いられる。とはいえ、上等な座敷に寝ることなど滅多にない。

「お侍はんよ、手代はんから話を聞いたぞ。わしらの日当と馬代、明日にも半金貰《もら》うことになった。お侍はんのおかげやな、有難いわ」

と馬子の熊五郎が空也に礼を述べた。

「安心されたか」

「おお、日当も貰《もろ》うて室生寺まで旅ができるがな、わしら、長いこと馬子の暮しをしとるが、初めてのぜいたくやで」

「熊、わしも信じられんわ。今晩、酒が飲めたがな。ああ、そや、お侍はんも日当を貰えるのか」

と九十が空也に訊いた。

「前にも申しましたが武者修行は仕事ではござらぬ、あくまで修行です。ゆえに日当など貰いません」

「わしらふたりだけ日当やて、相棒。なんやら極楽浄土を旅しているようや」

と熊五郎が相棒の九十に洩らした。

「おお、ごくらく旅やで」

と言い合った馬子ふたりが眠りに就《つ》いた。

空也は京の袋物問屋かつらぎの隠居が手代の康吉にもむろん空也にも話していないことがまだあるような気がした。だが、又兵衛の方から話がない以上、空也には知る謂《いわ》れはないと思い、眠りに就いた。

二刻（四時間）ほど熟睡した空也は、木刀を手に旅籠を出て木津川の河原で「朝に三千」の素振りを始めた。

まだうす暗い八つ半（午前三時）の刻限だ。一刻（二時間）ほど木刀を揮《ふる》って素振りを続け、真剣に変えて丁寧《ていねい》な抜き打ちを心掛けて繰り返した。

「おお、お侍はんは早いな」

と九十と熊五郎の馬子ふたりがそれぞれの馬を連れて河原を歩かせていた。すでに夜は明けていた。

「馬に差し障《さわ》りはござらぬか」

「おお、わしらの馬はな、四歳と若いがな、隠居はんの旅など平気の平左やで」

と熊五郎が言った。

「そなたら、突然何日もの旅に出ることになったが、身内は案じぬのか」

と空也がふたりの馬子のことを気にかけた。

「おお、それや、九十とな、宇治でわしらの身を案じておらぬか、気になっとると話し合《お》うたところや」

「ならば隠居どのに相談してみぬか」

というところに手代の康吉が姿を見せた。その話を空也が為《な》すと、

「空也さんはあれこれと気遣いですね。うちのご隠居は旅に出て二日に一度は、無事に旅を続けておると京のお店《たな》に飛脚便で知らせておられます。飛脚屋に宇治に立ち寄らせてそなた方の家にかくしかじかとの文を届けさせることはできます。そなたらまず文を認《したた》めなされ、そして宇治の住まいを私に教えなされ」

と即座に康吉が応じた。

「手代はん、わてら、馬子ですえ。字など書けはせんがな、どないしよ」

と九十が言い出した。

「ほいさ、字が書ければ馬子などせんわ」

と熊五郎が言い、康吉が空也を見た。

「それがしが仔細《しさい》を代筆しますか」

と空也が答えて稽古を途中でやめて馬子の九十の宇治の家に宛てて文を認めることにした。

なんとも奇妙な旅の二日目が始まった。

空也が認めた文を康吉が受け取り、宇治の平等院《びょうどういん》の裏手という九十の住まいに飛脚が立ち寄る手配をなした。

朝餉《あさげ》を終えた一行は、二日目の旅を始めた。

「空也はん、あんたはん、朝から稽古やら馬子の相談やらなんとも忙しゅうおすな」

と空也と肩を並べて歩く又兵衛が話しかけた。

「それがし、武者修行を始めて四年を超えましたが、旅はいつも同じことばかりではございません。いろいろな道中をさせてもらいました。こたびはいささか風変わりな、六人と馬二頭の旅です」

と笑う空也に、

「空也はん、あんたはんにな、お礼がしたいわ。本日の夕刻を楽しみにしなされ」

「ご隠居、それがしにお礼などお考えにならないでくだされ。この旅を十二分に楽しんでおります」

と又兵衛の提案を丁重に断ったが、

「その返答、夕刻までわては聞きまへんえ。返答はその折りでよろし」

と言い返された。

相変わらずのゆっくり旅だ。

最初に立ち寄ったのが桜の名所という笠置山《かさぎやま》だった。季節が季節だ、桜の葉が色づいて山の斜面を染めた景色は見物《みもの》だった。

「どや、笠置山の桜紅葉《さくらもみじ》は、空也はん。やはり満開の桜がよかったか」

「いえ、ご隠居、全山満開の桜はそれがしに似合うとはとても思えません。かといって」

「この桜紅葉もさほどではおへんか」

「いえ、そういうわけでは」

「世俗に花より団子といいますな。やはり、団子かいな」

空也には又兵衛の真意が分からず黙っていた。

「ならば、山城と大和の国境を越えますか。わてとひさ子は馬に乗せてもらいます」

又兵衛の注文に、空也が又兵衛とひさ子を助勢して馬の鞍に乗せた。

馬子の熊五郎と九十のふたりは、客が馬に乗ってほっとした顔をした。

「空也はん、大和と聞いてなにが眼に浮かびます」

「ご隠居、それがし、昨日話しましたように紀伊国高野山の麓の内八葉外八葉の隠れ里、姥捨にて生まれましたが、大和と問われて浮かぶのは大仏さんでしょうか。恥ずかしながら無知《むち》蒙昧《もうまい》の未熟者です」

「改めて聞きましょ、剣術はどないや」

「剣術でございますか。未だ先が見えない一修行者です」

「さようか、歳はいくつやったかな」

「年が明ければ二十一になります」

「若いがな、これからや、剣術家坂崎空也はんが花を咲かせるのんはな」

「花が咲きましょうか」

空也は馬に乗った又兵衛の顔をいくらか見上げてあれこれと話し合った。

「隠居はん、大和の国境やで。どこぞに立ち寄りますかいな」

と馬子の熊五郎が訊いた。

「そや、大和柳生《やぎゅう》の芳徳寺《ほうとくじ》につけてんか」

「はいな、わて、この界隈、初めてどすわ。芳徳寺はお寺さんやな」

「馬子はん、案じなさるな。この空也はんが教えてくれますがな」

と又兵衛が空也を見た。

「ご隠居、それがしも初めての土地ゆえ馬子どのに教えることはできますまい」

「いえ、そなた様しか教えられへんわ」

と言い切った。

三

柳生の庄《しょう》に入ると、なんと木刀で打ち合う稽古の音が空也の耳に聞こえた。

(隠居は芳徳寺と申されたか)

どこかで聞いたことがあると空也は思った。

「おお、この地は柳生新陰《しんかげ》流の創始の地でしたか、ご隠居」

「いかにもさよう、芳徳寺は柳生流の二代目柳生宗矩《むねのり》様が創建された寺ですわ」

寺の前に大きな武家屋敷があり、大勢の門弟衆が稽古をなす気配が伝わってきた。

徳川一門の官営道場本家本元の前に立った空也は、しばし茫然自失《ぼうぜんじしつ》して柳生新陰流の道場の大門を見上げていた。

父坂崎磐音が運営する江戸神保小路の直心影《じきしんかげ》流尚武館坂崎道場は、

「官営道場」

と知られていたが公《おおやけ》ではない。父の磐音の師匠、今は亡き佐々木玲圓《ささきれいえん》の武名が上がるにつれて、幕臣旗本など門弟の口の端《は》に上るようになって、「神保小路の佐々木道場は、公儀の官営道場」と呼ばれてきたにすぎない。むろん磐音が今は亡き西の丸徳川家基の剣術指南をしていたことも、当代家斉《いえなり》の絶大な信用を得ていることもまた事実だ。

一方、大和国柳生の庄の正木坂《まさきざか》道場はそもそも格式からして違う。慶長《けいちょう》五年

（一六〇〇）の関ヶ原の戦いが起こる直前、家康は柳生宗矩に親書を持たせて柳生の庄へ帰郷せしめ、西軍上方《かみがた》勢の後方で策動させて勢いを減じさせた。その功を以《もっ》て二千石を賜《たまわ》った。これが柳生家の出世の始まりであり、さらに父祖の時代の旧領、柳生の庄も拝領した。かくて又右衛門《またえもん》宗矩は、二代将軍秀忠《ひでただ》、三代家光《いえみつ》の剣術指南役に命じられた。また剣術指南と同時に政事向きの手腕を発揮して一万石の大名に取り立てられた。

つまり柳生新陰流正木坂道場は、公式に認められた徳川一門の御用道場であったのだ。代々の門弟の数は一万人を超えると伝えられていた。

徳川幕府開闢《かいびゃく》から二百年、もはや戦国時代の気風が消えた寛政《かんせい》期（一七八九〜一八〇一）、江戸では剣術は武士の必須の心得ではなかった。腰の刀は、細身にして拵《こしら》えが華美なものへと変わっていた。

「空也はん、どないしはります」

と又兵衛が空也に質した。

「いきなり訪れて道場を見物させてもらえましょうか」

「空也はん、見物だけどすか」

「まさか、稽古ができましょうか」

「わてに知り合いがおますわ。いっしょに来なはれ」

と又兵衛が空也を誘い、姪に向かって、

「ひさ子、宿に先に入っていなはれ」

と命じた。

隠居の又兵衛と空也は一行を見送ったあと大門を潜《くぐ》った。なんとも立派な式台があって緊張した稽古の気配がいよいよ空也を刺激した。

「御免なされ」

と又兵衛が声をかけると、

「どおれ」

と応じる声がして住み込み門弟か、若侍が姿を見せた。

「わては京の袋物問屋かつらぎの隠居又兵衛でおます。すまんことやが、師範の柳生武大夫《ぶだゆう》様と面会しとうございます」

「はあ、京のなにやと申された」

と空也とほぼ同じ年齢の若侍が質した。そこへ壮年の門弟が姿を見せて、

「おお、久しぶりではないか、隠居」

と声をかけ、若侍に、

「欣也《きんや》、師範の武大夫様の知り合いじゃ」

というと、

「隠居、本日は剣術家を用心棒に連れて参ったか」

と又兵衛に問うた。

「へえへえ、宇治のめし屋で知り合いになった武者修行のお方どすわ。道場に通らせてもらえまへんやろか」

「なに、武者修行者とな、近ごろ珍しき若侍かな。隠居、なんぞ魂胆《こんたん》があって正木坂に連れて参ったか。ならば内玄関から通れ」

と壮年の門弟が許しを与えた。手に木刀を携《たずさ》えているところを見ると稽古をしていたか、うっすらと額に汗が光っていた。

「へえへえ」

と応じる又兵衛が、道場をとくと承知か門弟衆が出入りする内玄関に廻った。

すると最前の壮年の士が欣也と呼ばれた若い門弟に何事か告げ、欣也は道場へと姿を消した。

空也は初めて壮年の士に会釈《えしやく》して、道中羽織を脱ぐと修理亮盛光《しゆりのすけもりみつ》を腰から抜き、常に手にしてきた愛用の木刀といっしょに手際よく畳んだ羽織に包んだ。その動

作を見ていた壮年の士が、

「隠居、めし屋で会ったばかりというたな、この者の名を承知か」

「空也はんどすわ、坂崎空也」

「空也な、抹香《まっこう》くさい名じゃのう。そなた、武者修行は何年かのう」

「四年にございます」

「四年か、そなた、歳はいくつか」

「年が明ければ二十一になります」

「十六歳から武者修行の旅に出たということか」

と疑わしそうな眼差《まなざ》しで空也を改めて見た。

「六尺は優に超えておるな」

と問う壮年の士に、

「川本《かわもと》師範代はん、空也はんの初めての修行の地を訊いてみなはれ」

と唆《そその》かすように又兵衛が言った。

「ほう、初めて修行した地がどこかじゃと」

と川本師範代が空也を見た。しばし間を置いた空也が答えた。

「薩摩にございました」

「な、なに、薩摩じゃと」

と応じた川本がせせら笑い、

「隠居、妙な者を連れて参ったな」

と空也の言葉を全く信じている風はなかった。そこへ欣也が戻ってきて、

「師範がお目にかかるそうです」

と告げた。

空也は内玄関の端に刀と木刀を包んだ羽織を置き、草鞋《わらじ》の紐《ひも》を解《と》くために腰を屈《かが》めた。

その瞬間、川本師範代が手にしていた木刀で空也の丸めた背中を叩《たた》こうとした。

気配もなしの動きだった。

空也は草鞋の紐から手を離し、素早く川本の下半身を両腕で抱えた。

「うむ」

と川本の体が身動きできなかった。

「おお、これは失礼をいたしました」

と詫びた空也がふたたび草鞋の紐を解き始めた。

「川本はん、たしかにわての連れ、妙な者ですわ。若いのに、草鞋の紐もよう解

きませんわ。よろめいて川本はんの体に縋《すが》りつきはった。すんまへんな、この年寄りが詫びます」

と又兵衛がぺこりと頭を下げた。

「いや、隠居、なかなかの武者修行者かもしれんぞ」

と険しい顔に変えた川本が道場へさっさと戻っていった。

残った欣也が隠居と空也のふたりを道場に案内してくれた。

空也は尚武館道場よりも広い稽古場に初めて接した。広々とした道場は、四つに分かれていた。四つを分かつのは床に塗られた白線だった。多くの門弟が四つに分かれた稽古場それぞれで竹刀《しない》や木刀で打ち合っていた。神棚のある広々とした見所《けんぞ》に近い稽古場にいるのが明らかに上級の技量の門弟だった。

「空也どのと申されましたか、いまご覧になっているところが上士《じょうし》の稽古場、次なる一角が中士《ちゅうし》の稽古場、三つめが下士《かし》の稽古場、見所から一番遠くが初心者の道場でございます」

と欣也が説明してくれた。

「欣也どのは中士ですか」

「よう分かりましたな、とはいえ、つい先日に下士から中士になったばかりです。

空也どのの力がそれがしには判断つきません。最前、川本師範代の不意打ちを察して動きを止められましたな。あんなことがさらりと出来るのは上士かな」

と欣也が首を捻った。

「待ってくれんね。最前、空也はんがよろけて川本師範代に抱きついたのはわざとね」

と隠居の又兵衛が欣也に質した。

「それがし、そう見ました。違いますか、空也どの」

「それがし、不器用でしてな」

空也は欣也にそう返答したが、中士に昇進したばかりという欣也の眼力《がんりき》にいささか驚いていた。そして、

（柳生新陰流正木坂道場、畏《おそ》るべし）

と思いながら神棚に向かって床に正坐し、拝礼した。初めての道場に入った折りのいつもの空也の習わしだ。

そのとき、聞こえてきた木刀を打ち合う音に空也はなんともいえぬ違和を覚えた。

（なんであろう）

しかし、隠居の呼ぶ声がしたため、その違和感をいったん忘れた。

「空也はん、柳生一族のひとりにして当道場の師範柳生武大夫様ですぞ」

空也が顔を挙げて両眼を見開いた。

又兵衛と、初めて面会する武士が空也を見ていた。

「武者修行の最中とか。なかなかの面魂《つらだましい》じゃのう」

「いえ、未だ未熟者でございます、柳生武大夫様」

「どうだ、稽古をしてみぬか」

「有難きお言葉です」

「武術家の挨拶《あいさつ》は木刀を交えることじゃ。とはいえ、そなたの木刀《ぼっと》にうちの定寸《じょうすん》の木刀では太刀打ちできまい。うちの木刀でよいかな」

「お借りいたします」

との空也の返事に欣也が正木坂道場備えつけの一本を差し出した。

「稽古、やめ」

川本師範代の声が道場内に響いて、上士稽古場の門弟衆七、八十人が道場の壁際にさっと下がった。そして、ゆったりとした足取りで柳生武大夫が上士稽古場の中央に立った。それを見た欣也が、

「驚きました。柳生師範自ら稽古をつけられるようです。それがし、正木坂道場に通い始めて十年を超えておりますが、初めてのことです」

と驚きの言葉を洩らした。

「有難い」

との言葉を残した空也が改めて見所に一礼すると上士稽古場の中央に出ていった。

「中士、下士、見習い門弟、稽古を止めて座に下がりなされ」

との川本の声が改めて告げられ、柳生新陰流正木坂道場の堂々たる稽古場に柳生武大夫と坂崎空也の両人だけになった。

両人が対峙《たいじ》した。

「柳生武大夫様に申し上げます。それがし、父より習った直心影流を十六歳まで修行し、西国修行の旅に出ましてございます。最初に出会った遊行僧《ゆぎょうそう》のお方から無言の言葉を頂戴しました。『捨ててこそ』という空也上人の言葉を胸に修行を始めました。寛政七年（一七九五）の夏のことでございます」

といったん空也は言葉を切った。

「わずか四年前の夏が遠い記憶にございます。いま柳生新陰流の正木坂道場で柳生武大夫様のご指導を受ける光栄を授かりました。それがし、剣術は生涯果てなき修行と心得て、いったん武者修行を終える決意を為した折り、なんと幸運な日でございましょう」

「坂崎空也どの、『捨ててこそ』の無言の命題、答えが出ましたかな」

柳生武大夫が質した。

「遊行僧師は三十七年余の風雨雪嵐《ふううせつらん》の旅路の末に青二才のそれがしに会い、この言葉を投げかけられたかと愚考します。答えは、それがしの彼岸への旅立ちでも見つかりますまい。

柳生武大夫様、未熟者の剣技、ご覧くだされ」

「畏《かしこ》まって候《そうろう》」

と武大夫が木刀を正眼《せいがん》に構えた。

(さすが)

見事な正眼の構えだった。武大夫の剣術修行も遊行僧の三十七年に匹敵すると思った。

空也は父磐音が佐々木玲圓に習い、そして嫡子空也に伝えた直心影流の正眼で対応した。こんどは、

「おお」

と見所から声が上がった。

こちらは長身に見合った壮大な中段の構えだ。大きな構えでありながら無駄な力が入ったところはなかった。

柳生武大夫が莞爾《かんじ》とした笑みを顔に浮かべた。

その笑みが長い不動の対決の始まりだった。

柳生新陰流と直心影流の無限の対峙は、見物の門弟衆や見所の剣友らに固唾《かたず》を飲むことすら忘れさせた。

格子《こうし》窓《まど》から日没の光が差し込み、柳生の庄に闇《やみ》が訪れた。

若い門弟衆が息を殺して広い道場のあちらこちらの壁に松明《たいまつ》を差し込んでいった。

時の経《た》つのをだれもが忘れていた。

ただ、ひたすら彫像のような老若ふたりの剣士を凝視していた。

夜半、鳥か獣か、奇声を発した。

正木坂道場からひとりふたりと密《ひそ》やかに抜け出る者が出てきた。だが、三刻（六時間）が過ぎたというのにまだ半分ほどの門弟衆や見所の剣友らが残っていた。

　ふたりの対決者は動かなかった。いや、動けないと言ったほうが正確か。時の経過とともに五十路の柳生武大夫の口が開き、呼吸がわずかに乱れてきた。一方、若い空也は、鼻で静かに呼吸を繰り返していた。とはいえ、空也にも攻める余裕はなかった。

　未明、風が格子窓から吹き込んできて松明の灯《あか》りが揺らぎ、一本また一本と消えていった。

　残るは広い道場に三本、夜明けの風がまた一つふたつと吹き消して、一本の松明が揺らいでいた。

「いえぃ」

　と柳生武大夫が力を振り絞って動いた。

　空也は動かない。

　ただ、待った。

　武大夫の木刀が空也の面を捉えようとしたとき、最後の松明の灯りが消えた。

　暗黒のなか、木刀が打ち合う音が繰り返された。

　どれほどの刻か。

提灯《ちょうちん》の灯りが道場に持ち込まれた。

見えたのは空也が正坐している姿だった。

柳生武大夫は口を大きく開いて立っていた。

（なにが起こった）

だれもが思った。

武大夫の体がゆらりと揺れた。それでもなんとか我慢した。そのとき、

「柳生武大夫様、ご指導有難うございました」

空也の平静な声が正木坂道場に流れた。

がたん、と道場の床に片膝《かたひざ》を着いた武大夫の口から笑い声が起こった。

「坂崎空也どの、見事なり。『捨ててこそ』の空也上人への返答、すでに承知しておられる」

と武大夫が言った。

だれもが闇のなかでなにが起こったか想像も出来なかった。

若い門弟衆が対戦者に白湯《さゆ》を運んできた。

ふたりは茶碗《ちゃわん》を受け取り、ぬるい白湯を飲んだ。

（甘い）

と空也には感じられた。

ひと口飲んだ武大夫が、

「酒ならばどれほどうまかろう」

と思わず洩らした。

見所にいた齢《よわい》七十の柳生藩八代藩主柳生俊則《としのり》が、

「ふっふっふ」

と笑い、

「武大夫どの、湯に浸《つ》かられてな、寝る前にたっぷりと召し上がりなされ」

と言った。そして、空也に眼差しを移し、

「さすがは江戸神保小路で直心影流尚武館坂崎道場を営む坂崎磐音どのの嫡子、空也どのか。そなたの四年に渡る険しい武者修行をそれがししかと見た。見事なり、坂崎空也」

との言葉に正木坂道場に残っていた門弟衆から、

「おお、尚武館坂崎道場の跡継ぎであったか。われら、柳生新陰流と遜色なしの見事な剣術かな」

とか、

「二十歳の若武者の剣術ではないぞ」

とか褒《ほ》め言葉が聞こえてきた。

空也は白湯を飲んで一礼するとふたたび立ち上がり、道場の隅に歩いていくと、修理亮盛光を手に最前の場に戻り、武大夫に会釈して、腰に差し落とした。

一拍間を置いた空也が、

「不意の訪《おとな》いにかような歓待をしていただいた柳生新陰流のご一統様にそれがし、直心影流の極意『法定四本之形《ほうじょうしほんのかた》』を披露《ひろう》申す。ご覧くだされ」

と朗々とした声音《こわね》で告げると、極意を演じ始めた。

ふたたび正木坂道場に緊張のときが戻り、他流の極意の披露に一同が無言で見入った。

一本目の形八相《はっそう》、二本目の形一刀両断《いっとうりょうだん》、三本目の形右転左転《うてんさてん》、そして四本目の形長短一味《ちょうたんいちみ》の独舞だ。

空也が演じ終えたとき、初冬の陽射しが道場に差し込んできて、突然の極意披露が淡々と終わった。

四

空也は京の袋物問屋の隠居の又兵衛とともに柳生武大夫と膳を並べて朝餉の粥《かゆ》を頂戴した。

又兵衛と武大夫はふたりして数合の酒を酌み交わしたが空也はいつもどおり、朝餉の粥を啜《すす》った。

「隠居、よき一夜であったわ」

と柳生武大夫がしみじみと告げた。

「まさかかような仕儀になるとはこの年寄り、夢想もしませんでしたわ」

「剣術好きの隠居がそれがしに江戸神保小路の尚武館坂崎道場の嫡子を口利《くちき》きしたのじゃぞ。かような成り行きを考えなかったとしたらむしろおかしかろう」

「そう思われますかな。ですが、この若武者、年寄りの剣術好きの考えなど歯牙にもかけぬ武者修行を為してきたと思いまへんか」

「おお、最初の修行の地が西国で武勇を知られる大大名薩摩とはな」

「冗談かと思いましたぞ」

「一年九月余もの月日、薩摩が空也どのを迎え入れ歓待したとすれば、柳生新陰流の正木坂道場で一夜勝負など平気の平左であったろう」

とふたりが言い合うなか、空也は粥を食し終えた。

そのとき、道場からいつもより遅い始まりとなった朝稽古の気合声や木刀で打ち合う物音がしてきた。

空也は酒を酌み交わす両人に、

「武大夫様、ご隠居、それがし、朝稽古に加わりとうございます」

と断わると、

「おうおう、若いとはなんとも羨《うらや》ましいのう」

「空也はんや、室生寺は一日二日遅れてもなんの差し障りもありませんでな、思う存分稽古をしなされ、しなされ」

と両人に言われて送り出された。

正木坂道場では上士、中士と昨夜道場で一夜を過ごした面々を中心に稽古が始まっていた。空也が道場に戻ってくることを予測していた入江《いりえ》欣也が、

「空也どの、昨日は道中着で師範との打ち合いをなさいましたな。うちで一番大きな稽古着を用意してございます。着替えられませんか」

「有難い」

欣也が道場に隣接した控え部屋に空也を伴い、用意していた真新しい稽古着に着替えさせた。

「空也どの、差し支えなければそれがしに稽古をつけてくれませぬか。上士の門弟衆が空也どのと稽古がしたいと大勢待ち受けておられます。半年前に中士になったそれがしなど、空也どのの言葉がなければ決して許してもらえません」

と願った。

「欣也どの、それがし、正木坂道場ではどなたであれ、指導などできませぬ。ですが、知り合いふたりが道場の隅で打ち合い稽古をすることは構いますまい」

「おお、有難い。されどそれがし、空也どのと木刀稽古など、とんでもないことです、竹刀での打ち合い稽古でよろしいですか」

「むろんです。道場に戻りましょうか」

道場に戻ったふたりが竹刀を携えているのを見た上士連が、

「うむ、欣也に先に空也どのをとられたか、残念なり」

「中士め、姑息《こそく》じゃぞ。どう思われますな、師範代」

などと息巻いて川本に訊いた。

「欣也に先手をとられたな、一同。ところで欣也の次は、師範の武大夫様に引き合わせたそれがしと稽古じゃぞ」

と言い放ち、

「師範代、ずるくはないか。それがしが一番手を狙《ねら》っておったのに中士の欣也に続いて師範代にまで持っていかれたぞ」

と叫ぶ者がいた。その問答を耳にした空也が、

「ご一統様、それがし、久しぶりの道場稽古です。ましてや柳生新陰流正木坂道場、どなた様であれ、お相手してくだされ。それがし、精々力を尽くします」

と言い添えると一同が得心した。

ふたりは改めて神棚に拝礼して、初心者の稽古場に向かおうとした。すると川本師範代が、

「坂崎空也どの、欣也は道場の端っこでの稽古で十分でござるが、そなたを初心者の稽古場などで稽古をさせられようか。欣也は一応中士でござるでな、中士の稽古場をお使いなされ」

と勧めて、ふたりは中士の稽古場に立つと竹刀で構え合うことになった。

昨日の武大夫との稽古では、神棚に向かって右手に立つ上《かみ》の者、打太刀《うちだち》の役目

を、年上の柳生武大夫が務めた。今朝はその役目を空也が務めることになった。

「参ります」

欣也が声を発して打ち合い稽古が始まった。欣也もまた一夜勝負を見物していたのだ。

当然空也の力を見聞していたから、欣也は直心影流でいう下《しも》の者の位置から踏み込み、竹刀を揮った。空也はそのいささか力が籠り過ぎた攻めに竹刀を合わせ、さらに次に攻めさせる間を空《あ》けた。

そんな稽古を四半刻《しはんとき》（三十分）も続けぬうちに欣也の体の動きが乱れてきた。

「欣也どの、最後の一打です、力を振り絞って攻められよ」

との空也の声に、構えを正した欣也が、

「面」

と踏み込んで竹刀を揮った。空也は己の竹刀で合わせ、力を減じると面打ちを許した。

「欣也どの、なかなかの面打ちでしたぞ」

との空也の声に竹刀を引くと、

「お相手、有難うございました。それがしの面打ちが見事に決まりましたな」

と満足げな声で叫んだ。

「ようやく欣也めが下がりおったわ。次は、それがしが相手いたす」

師範代の川本がやはり竹刀を手に空也の前に立った。こちらも下の者の左手に立った。

「川本師範代、それでは立場が違いましょう。こちらにてそれがしの竹刀を受けてくだされ」

「空也どの、柳生武大夫師範と一夜の打ち合いを務めた空也どのを仕太刀《しだち》にですと。それはござらぬ。われらこの場におる門弟一同には打太刀にての指導を願い奉《たてまつ》る」

柳生武大夫との打ち合いは、すでに「一夜勝負」と呼ばれ、以後、柳生新陰流の伝説の立ち合いと語り継がれることになる。

「困りましたな、川本師範代。それがし、一介の武者修行者としてご一統様と稽古がしとうございます。出来ましたら、一新入り門弟として扱ってくれませぬか」

家康、秀忠、家光の三代将軍の師範役の柳生新陰流道場で、上の者の立場で稽古をなすなど若い空也が容認できることではない。

両人の言い合いを見所で聞いていた剣友らしき年配の剣術家から、

「川本師範代、坂崎空也どのとの稽古に上の者、下の者の差別はこの際忘れて、お互い剣術同好の士として稽古をなしてはどうか」

との忠言があった。

「おお、柳生新陰流創家代々の剣友、室町良毅《むろまちりょうこく》様、さようなことができましょうか」

「それがし、いささか、空也どのの父御坂崎磐音どのを承知しておる。磐音どのは道場における形式を大事になさるお方だが、同時に習わしに過剰にこだわられるお方ではないわ。どうだな、ご両者」

室町良毅と呼ばれた武家が尋ねると、ふたりは会釈してその提案を受け入れた。

立ち合いの前に、

「室町様、江戸神保小路の尚武館坂崎道場を承知でございますか」

と川本師範代が念押しした。

「空也どのが神保小路の道場に立ち入ることを禁じられていた折りから、しばらく磐音どのとの付き合いは途絶えておったが、三年ほど前よりしばしば尚武館に通うようになったでな、それなりに承知だ。ただし、嫡子の技量は知らなかった。

昨夜の柳生武大夫どのとの『一夜勝負』、それがしも見たかったぞ、なんとも残念なり」

室町の言葉を得心して聞いた川本師範代が、

「空也どの、お待たせ申したな。われら、剣術修行の同好の士として稽古をいたそうか」

「お願い申します」

と両人が改めて竹刀を構え合った。

寸毫《すんごう》打ち合った川本が、すいっ、と竹刀を引いた。

「空也どの、それがしが空也どのと打ち合いをするだけではなんのお役にも立てん。この場におる上士の面々との立ち合い稽古に代えてもらえませぬかな。この件、いかがにござろうか、室町様」

と空也に稽古の変更を提案し、剣友の室町に許しを乞うた。しばし沈思《ちんし》した室町が、

「そなたらは『一夜勝負』を見聞した仲間である。昨夜の興奮を一統で分かちあうのも一案かな、師範代、許す」

と川本の提案を受け入れた。

上士らは互いに顔を見合わせ、中士の入江欣也も一対一の打ち合い稽古をしたではないかという顔だった。だが、剣友の室町と師範代の川本が決めたことだ。

「師範代、どのような稽古でござろうか」

と上士でも上位の技量と思える門弟が尋ねた。

「おお、矢代平八《やしろへいはち》か。ここにおる上士門弟のなかで技量一番はそのほうだな。最後から二番目に立ち合い稽古をいたせ。最後はそれがしが勤める。まず疋田《ひきた》、上士に昇進したばかりのそのほうが先鋒《せんぽう》を勤めよ。あとは昨日までの技量順に打ち合いをなせ。竹刀稽古である」

「と申されますと、一対一の勝負に変わりはございませんな。仮りにわれらのだれかが一本とったとしたらどうなります」

「われらのだれでもよいわ、一本面なり胴なり小手《こて》なりを坂崎空也どのからとったとせよ、立ち合い稽古はそこで終わりじゃ。だが、矢代、われらもなんとしても空也どのから一本とらねば立ち合い稽古はいつまでも続くと思え。いささか形は違うが『一夜勝負』が今宵も続くかもしれんぞ」

と川本師範代が空也から一本とるのは容易《たやす》くはないと言った。

「師範代、先鋒を務めるそれがし疋田義之助《ぎのすけ》が坂崎空也どのから一本をとるゆえ、ご一同の出番はございません。まずはご覧あれ」

上士に昇進したばかりの疋田が張り切って、無言で待っていた空也の前に立ち、

「坂崎空也どの、立ち合い稽古、お願い申す」

と乞うて竹刀を上段に構えた。

歳は空也より四歳ほど上か、五体はがっちりとしていた。

空也はそれに応じて竹刀をゆっくりと構え直した。その動きを見た疋田が、

「お面一本」

と叫んで踏み込み様《ざま》に竹刀を長身の空也の面へ見舞った。

空也は相手が上段の構えを見せたとき、動きを察していたから疋田の竹刀に合わせ、次の瞬間には面打ちを後《ご》の先《せん》で放っていた。二本の竹刀の速さはまるで違った。疋田には空也の竹刀がいつ放たれたか見えなかった。

「ああ、痛た」

と洩らした疋田が空也の前に転がっていた。すると二番手が間をおくことなく突きを放ってきた。

空也は昨夜の「一夜勝負」をひと晩じゅう道場にて座って見ていた柳生新陰流の上士たちの動きがいつもよりも緩慢であるはずだと察していた。

一方、空也は柳生武大夫と濃密な打ち合いを為したのだ、体の動きは見物の上士連より断然よかった。

二人目の突きを躱《かわ》すと一見ゆったりした動きの胴打ちを放っていた。が、長身の空也が繰り出す伸びやかな攻めを相手は受け止めることはできなかった。三番手の小柄の門弟は機敏な動きで攻めてきたが、空也の竹刀が小手を打って相手の竹刀を道場の床に落としていた。

そんな風に稽古が繰り返された。

上士のなかで技量一番の矢代平八は、川本師範代が提案した空也一人《いちにん》との立ち合い稽古が厳しいことをようやく察した。

「よいな、間をおくでない。次々に攻めかかれ」

と仲間に命じた。

一瞬のうちに勝負がついてしまう空也との打ち合いは、上士の半数まであっさりと進んでいた。

見所から声がかかった。柳生新陰流の剣友の室町だった。

「矢代平八、見ておるか。空也どのはそなたら相手に面、胴、小手と交互に攻めを変えておるわ」

「えっ」

と驚きの声を発した矢代は、上士の攻めにのみ拘《こだわ》って見ていた自分が空也の攻めを観察していなかったことを見所の室町に指摘されて初めて気付き、改めて空也の動きに注目した。確かに面、胴、小手と変えて繰り出す空也の攻め方、その余裕の応戦に言葉を失った。

（なんということか）

若い武者修行者はただものではなかった。

「師範代、それがし、なんとしても相手との稽古を長引かせますぞ」

「それができればのう」

一瞬の間だが空也と竹刀を構え合った川本師範代は、坂崎空也の力を察した。いや、実は察し切れてはいなかった。ゆえに上士一統との対戦を思いついたのだが、瞬《また》くうちに上士は残り数人になっていた。

「矢代、長期戦になろう。なんとしても相手から一本を得なければ、柳生新陰流の面目《めんぼく》はないわ、われらの日ごろの鍛錬が試されておる」

と言った川本師範代に矢代が頷き返し、ゆったりとした動きで列から離れると空也の前に立った。前の対戦者が胴打ちを受けて下がってきた。

それを見ながら矢代はさらにゆったりと空也との間合いを詰めて、得意の小手打ちで相手の小手打ちに応じて打ち合いを長引かせようと企《くわだ》てた。

空也はこれまでの間合いと律動の流れとは違うことを感じながら、待った。この寸毫の待ちを待ちきれず、つい矢代から、

「小手」

と叫びながら相手の小手へと放った。

(よし先手をとった)

と考えた瞬間、長い腕が延びてきて、矢代はしなやかな小手打ちを受けていた。

「おお」

と叫ぶと同時に自分の手に竹刀が持たれていないことを知った。

(なんということが)

茫然自失して下がった。

そのとき、師範代の川本が飛び出していた。川本はもはや上士一統と空也一人《いちにん》の立ち合い稽古が長期戦になることを覚悟していた。

後の先で空也が面打ちに来ることを想定して自分流の動きで踏み込み、長身の空也へ面を放った。

同時か、と思ったとき、がつん、という面打ちを見舞われていた。

やはり空也と柳生武大夫の「一夜勝負」を道場の床に正坐して見物していた上士連の体はいつもとは違っていた。が、上士連は強張《こわば》った体でのそれぞれの動きの違いに気付かなかった。

上士連との二巡目の立ち合い、空也は出来るだけ相手に攻めを繰り返させることにした。ために段々とふだんの動きが戻ってきた。とはいえ、やはり空也から一本とることはだれにもできず、二巡目もあっけなく終わった。

三巡目の立ち合い稽古の前、師範代の川本が空也に、

「空也どの、作戦を練り直しとうござる。しばし時を貸してくだされ」

と願った。

「師範代、存分な話し合いをなされませ。それがし、道場におるかぎり退屈した覚えはございませぬ」

「なに、道場におられると退屈などしませぬか」

「はい、楽しくてしようがございません」

うむ、と唸った川本が上士連を振り返った。

どの顔も戸惑いを漂わせていた。

天下の柳生新陰流道場を訪れる他流の修行者がこれまでにいなかったわけではない。それらの面々は道場に入った瞬間、柳生新陰流正木坂道場の威容と稽古ぶりに圧倒されて、その実力を出し切れないでいた。

だが、剣術好きの京の袋物問屋かつらぎの隠居に伴われてきた武者修行者は、柳生新陰流の道場と知らされても圧倒される気配もなく、なんとただ今の柳生新陰流の数多《あまた》の門弟のなかで三指に数えられる柳生武大夫と「一夜勝負」をなしたのだ。

師範代の川本には、夜明けの闇の中で行われた対決がどのような勝負であったか、想像もできなかった。灯りがふたたび灯《とも》された時点で空也は床に坐し、武大夫は立っていたがその体はふらついていた。

両人が「一夜勝負」を飽くまで稽古と主張することは分かっていた。

そのひとり坂崎空也を相手に上士連三十余名がふた巡りめも退《しりぞ》けられた。

当初川本が考えた一対上士連の立ち合いは、最後の対決者川本と相応の打ち合いをなしたあと、

「勝負なし」

で分けることを祈願していたし、その自信もあった。

なぜならば、相手の空也は柳生武大夫と「一夜勝負」と称されるようになるほどの過酷な「対決」を戦ったあとなのだ。われらはその勝負を観戦したに過ぎなかった。

ところが、二巡目もあっさりと退けられた。

なぜか。川本師範代に迷いが生じた。

だが、柳生新陰流の上士門弟らの何人かは次第に体が解《ほぐ》れてきた。一瞬だが、伸びやかな竹刀捌《さば》きを見せる者もいた。

空也も二巡目を退けられた上士門弟衆の意識が少しずつ変わったことを察していた。

どちらが一本とるとらないではない、立ち合いの中身に拘ろうとしていた。

一対複数の立ち合い稽古が始まって一刻、上士連に疲れが見えてきた。むろん空也も相手方の疲れを承知していた。

空也は客人として朝餉の粥を振舞われていた。一方、「一夜勝負」を道場で見て過ごした門弟衆が朝餉を食したとは思えなかった。なにより空也との違いは、幾多の修羅場《しゅらば》を潜り抜けてきたかどうか、駆け引きと間合いの綾にあった。

三巡目が開始された。

空也の力量を悟った柳生新陰流の上士門弟は、徹底的に空也との打ち合いを長引かせる作戦に出た。ともかく空也の体力をそぎ落とそうという企てだ。

「よいか、悔しいが坂崎空也どのとわれらの力の差は明白である。一人ひとりがどのような策でもよい、空也どのの反撃を少しでも長引かせよ。打たれても未だ未だと打ち合いを続けよ。相手は二十歳の若武者じゃぞ、鬼神などではないわ。疲れれば空也どのも弱点を見せよう」

と師範代の川本が命じてこれまでの二巡とは違い、一人ひとりがあらゆる技と考えを駆使して、空也に容易く一本を取らせまいと試みた。

空也も相手の企てに乗って、打ち込んでくる門弟に対しては攻めに応じて満足がいくまで竹刀を交え合った。

これまでの二巡とは違い、長い三巡目になった。

ついに三度目、矢代が空也の前に立った。

「坂崎空也どの、木刀勝負を願えませぬか」

うむ、と川本師範代が呻《うめ》いて空也を見た。

空也はただ頷いた。

「いまひとつ願いがござる。空也どのの愛用の木刀とそれがしの柳生新陰流の木刀で立ち合いとうござる」

「畏まりました」

両人が手に馴染《なじ》んだ木刀を持って対決した。

薩摩の御家流儀東郷示現《とうごうじげん》流や薬丸新蔵《やくまるしんぞう》が創始した野太刀自顕《じげん》流の木刀《ぼっと》は武骨で重かった。

矢代は初めて接する薩摩の木刀に驚きを隠せなかった。

互いが木刀を構え合った。

相《あい》正眼。

しばし見合った矢代が先《せん》の先《せん》で攻めようとした。なぜか体が微動もしなかった。

空也が右足を前にして、木刀を右蜻蛉に差し上げた。

「おおっ」

と思わず柳生新陰流道場に驚愕《きようがく》の声が響いた。

これまで見たこともない大きな構えだった。

それを見た矢代が猛然と踏み込んだ。

空也の木刀が矢代の脳天に打ち込まれた。

両者の木刀の速さが明確に違った。正木坂道場の門弟衆から、

「嗚呼ー」

と悲鳴が洩れたあと、沈黙がその場を支配した。

重くて武骨な木刀が矢代の脳天の一寸前で止まっていた。

矢代の体がゆっくりと道場の床に崩れていった。

その瞬間、見所の室町から笑い声がからからと起こった。

この笑い声が空也と柳生新陰流の上士門弟衆との立ち合い稽古の終わりとなった。

第二章　柳生の庄

一

　空也はその翌日も大勢の門弟衆相手に稽古を続けていた。

　柳生新陰流の門弟たちが空也と稽古をなすことを望み、空也も正木坂道場での稽古を心中願っていた。差し障りは京の袋物問屋の隠居又兵衛との約定《やくじょう》だった。

　そのことを知った柳生武大夫や師範代の川本らが又兵衛に、

「隠居、うちからふたり門弟をつけようではないか。室生寺までの往来、柳生新陰流の門弟が従った隠居一行になんぞ悪さを為す者はおるまい。その代わり坂崎空也どのを正木坂道場に残してくれぬか。室生寺にて用事を済ませたあと、帰りに柳生の庄に立ち寄れば、また空也どのに会えよう」

と願った。すると、又兵衛が、

「室生寺の御用、ひと月ふた月遅れようと構しまへん。剣術狂いの又兵衛と呼ばれるわてがこの場から立ち去るなんて惨《むご》うおますわ。室生寺の和佐又修光座主《わさまたしゅうこうざす》と京の店には文を書いてこの旨伝えます」

と言い切った。

そんなわけで一行の又兵衛とひさ子、康吉の三人は、柳生新陰流正木坂道場の離れ屋に暮らし、空也は道場の長屋の一室に寝泊まりして柳生新陰流での修行を続けることになった。

久しぶりに道場に落ちついての稽古だ。

未明八つ半時分に起きた空也は、脇差《わきざし》だけを腰に、手には木刀を携えて道場の前を流れる布目川《ぬのめがわ》沿いに上流に向かって走り始めた。

初めての土地だ、暗闇《くらやみ》をゆっくりとした足取りで走った。

どこの土地であれ、川沿いには小さな道が通っており往来できた。この四年の修行の経験と勘で初めての土地でも地形は察せられた。

柳生から東に一里も走ると空が白んできた。布目川沿いに集落があった。

邑地《おおじ》の郷だが空也には地名までは分からない。この郷の三つ又から野道が北西に延びていた。空也は勘でこの道を行けば、来た道を辿《たど》らなくとも柳生に戻れる気がした。木刀の素振りをしながら野道を行くと七つ半（午前五時）と思しき刻限に、南北に走る道に出た。迷うことなく南へと向かった。

六つ（午前六時）の刻限、空也は柳生の庄に戻りついていた。空也が考えたより時を要してすでに朝稽古が始まっていた。

「空也さん、どこへ行っておられました」

正木坂道場の門前で手に文を持った康吉が立っていた。

「朝稽古の前までに帰ってこられると思うておりましたが、初めての道で意外に時がかかりました。それがしが柳生の庄に滞在する間、康吉さんも柳生におられますか」

「隠居が柳生に逗留《とうりゅう》すると決められた以上、奉公人も当然いっしょにおります」

「それがしのせいで京へなかなか戻れませんね」

「京のお店にご隠居が文を書かれましたで、飛脚屋から出して参ります」

「柳生の庄に飛脚屋がございますか」

「なんでも屋が書状も扱っておるようで、こちらの道場には三百諸侯のご家来が稽古に参られますゆえにそれなりの書状の扱いがあるそうな。空也さんも近況を江戸の尚武館道場に知らされませんか。隠居が空也さんの文もいっしょにして飛脚屋に頼めというております。どうですか、なんでも屋に私といっしょに行って店先で文を書いて出されませんか。むろん飛脚代は隠居払いです」

と空也の懐《ふところ》具合を気にしてくれた。

「それは有難い。それがし、江戸もさることながらそれがしが生まれた姥捨の郷に身内が待っているのです」

「ならばこれからなんでも屋に行き、筆記具を借りて文を二通認《したた》められませ。本日の朝稽古はちょっと遅くなるかと思いますが、近況を伝えることも大事ですよ」

康吉の忠言に従い、空也もなんでも屋を訪ねることにした。

書状も扱うというなんでも屋は、衣類から雑貨、食い物から酒、文字通りなんでも扱っていた。このなんでも屋で筆硯紙墨《ひっけんしぼく》を借り受けて姥捨の郷の霧子《きりこ》と江戸神保小路の尚武館道場に宛てた文を認めた。なんとか速筆して書き上げ、康吉に文を託して急ぎ道場に戻った。

空也が道場に戻ると、なんと前日に倍する数の門弟が稽古をしていた。どことなく初めて接した折りの道場の稽古より険しい雰囲気だった。

「外稽古でござったか」

と空也の額の汗を見た川本師範代が尋ねた。

「この界隈の野道を走っておりました。知らぬ土地ゆえいささか柳生の山道に時がかかりました。それに江戸と紀伊にそれがしの近況を伝えるべく文を二通認めておりまして、かように遅くなりました」

と言い訳した。

「どこまで参られたな」

「さあて地名が分かりません。それがしのこれまでの経験から四里から五里ほどものんびり走ったであろうか」

川本師範代が驚きの表情で訊いた。

「はあ、毎朝、稽古前に四、五里も走られるか」

「いえ、いつもは薩摩で習った剣法の基《もとい》、続け打ちを為します」

「ならば道場をお使いになるといい。道場は夜も開いておりますぞ」

「この薩摩の稽古法、道場より庭のほうがよろしいのです」

「なに、道場稽古ではない」

「タテギなる台を据えて、稽古をなす者は裸足《はだし》にて木刀を揮いますで、外のほうがよいのです」

「ほう、タテギな。薩摩の修行者は裸足で稽古ですか」

川本は武士が表にて裸足で稽古かという顔を見せた。

「はい。『朝に三千、夕べに八千』と称されるほど厳しい稽古法です。それだけに何年も繰り返しておれば修行者は足腰が鍛えられます。薩摩独特の稽古法かと存じます」

「柳生新陰流には諸国から武芸修行者が詰めかけますが、薩摩人は未だひとりとしておらぬな。初めて聞いた。空也どの、その稽古をわれらに見せてくれませんか、タテギなる台を造るのは難しゅうござるか」

「いえ、大工でなくとも難なく造れましょう。それがしが絵図面を描きましょうか」

「そうしてくれますかな」

と川本師範代が願ったのは、薩摩剣法の稽古に関心を示したというよりも、なんとしても坂崎空也を柳生の庄に引き留めたい一心かと思えた。

「本日は昨日にも増して大勢の門弟衆が稽古しておられますな」

「そなたの噂《うわさ》を聞いて近郷近在の大名家の門弟が駆け付けた結果ですぞ」

「それがしの噂が流れましたか」

と空也が首を捻った。

「剣術のこととなると柳生の庄はみな地獄耳です。そなたと武大夫師範の『一夜勝負』を知らぬ者はもはやこの界隈でだれもおりますまい」

「驚きました」

「さようなわけで古手の門弟衆がそなたとの稽古を望んでおりましてな。十人ひと組で二組ほど人選してござる。相手をしていただけますかな」

「ぜひともお願い申します」

と空也は応じざるを得なかった。その言葉を聞いたか、稽古していた何百人もの門弟たちが壁際に下がった。すると選ばれた二組、二十人が木刀を手に並んでいた。

「イの組、前へ」

と川本師範代が最初の組を呼んだ。

いつも正木坂道場で稽古する上士の面々より年齢がだいぶ上だった。ということは十分に剣術を心得た一統であろう。大名家などで剣術師範を勤めている者もいると空也は考えた。

「師範代、それがしが教わるべき方々ではありませぬか」

「古手の門弟衆には空也どのの齢《よわい》を考えるべきでないと武大夫様がわざわざ忠言されました。かの者たちも木刀を合わせれば空也どのの技量は察せられましょう。しっかりと立ち合い稽古をせよと八代目俊則様もあの面々に命じられましたぞ」

空也は薩摩流の木刀《ぼっと》を柳生新陰流の木刀へと替えた。

川本師範代がイの組に呼びかけた。

「一ノ瀬正右衛門《いちのせせいえもん》どの、これへ」

「はっ」

すでに朝稽古でたっぷり汗を流した体《てい》の一ノ瀬が空也と対面した。

「木刀稽古ゆえ、それがしが立会方を務める。よろしいな、御両者」

との声に空也と一ノ瀬が頷き、視線を対戦者に移して礼を交わした。

空也は相手に険しい緊張があるのを察した。「一夜勝負」がどのように伝わったものか。

「一ノ瀬様、ご指導よろしくお願いいたします」

と空也のほうから声をかけ、直心影流の正眼にゆっくりと木刀を構えた。

「おお」

と相正眼で応じた一ノ瀬が、さあ、参れ、という表情で空也を睨《にら》んだ。

空也は穏やかな顔で相手の攻めを待った。空也は一ノ瀬に指導を願ったが、己《おのれ》から動くことはしないと決めていた。

一ノ瀬はそんな態度の空也の気配をどう感じたか、

「参る」

と声を発して踏み込んできた。

さすがに老練な踏み込みには隙《すき》がなかった。

空也は相手の面打ちを受けたが反撃することはしなかった。

一ノ瀬はいささか空也の対応に訝《いぶか》しさを感じながらも二の手、三の手と攻めを続けた。攻めの流れに長年の修行が感じられた。多彩にして隙がない。巧みな相手の攻めを空也は楽しんでいた。

そんな空也の態度が伝わったか、一ノ瀬の攻めが手厳しさを増した。

一ノ瀬が攻め、空也が受けて微妙な間を空けて一ノ瀬に次の手を出させた。幼い折りから剣術の基を叩き込まれ、道場に入ることを許されたのち、とことん直心影流の極意を教え込まれた空也にとって攻めと守りの間合いと変化は身に染みついていた。

師範代の川本は両人の間近で立会方を務めながら前日までの立ち合い稽古とはなにかが違うと感じていた。なんと空也は、柳生新陰流の熟練の修行者である一ノ瀬との稽古を心から楽しんでいるように思えた。いや、この立ち合いを主導しているのは明らかに若い坂崎空也であった。

(なんという若武者か)

そのことを一ノ瀬も察したか、空也の、

「受け」

の巧妙さを感じ取っていた。

(この若武者、尋常な剣術家ではない)

と知った一ノ瀬自身もいつの間にか空也の動きに合わせて稽古を楽しんでいた。それればかりか、柳生新陰流の技を空也に向かっていつしか放っていた。初対面の稽古でかような真似《まね》をすることは正木坂道場では到底許されないことだ。

見所から八代目柳生俊則と剣友らがこのふたりの立ち合い稽古を見ていたが、ひとりの剣友が、

「俊則どの、一ノ瀬にあのような対応を許されましたかな」

「いいえ、一ノ瀬は当流の技を無心のうちに出しておりましょう。いや、対戦の若

武者から自然に引き出された柳生新陰流の奥伝《おくでん》です」

「なんと、武者修行者はいくつと申されましたかな」

「未だ二十歳だそうで、十六歳の折りに武者修行に出たそうな」

「江戸神保小路の直心影流尚武館坂崎道場の道場主坂崎磐音どのの嫡子というのは真《まこと》ですかのう」

「ご一統、この若武者の技を見て、そうではあるまいと申されるお方がございますかな」

「八代目、間違いないわ。二十歳にしてかような技量を持つ剣術家がそんじょそこらにおるものか」

と別の剣友が俊則に応《こた》えていた。

「また稽古場での初日、空也どのが直心影流の極意『法定四本之形』を柳生新陰流道場の門弟の前で堂々と披露されてな、それがしも拝見した。この若者が父御の坂崎磐音どのからとことん叩き込まれた奥義であろう。披露された奥義の本来を理解できたものは大勢の門弟のなかで数人しかおりますまい。空也どのは、な、父の教え、各流派の極意は一夜にして為らず、毎日の修行の賜物《たまもの》として自ら理解するものということを教えてくれたのです。一ノ瀬が思わず知らず柳生新陰流の技を出したのは、武者修行者の気持ちに応えたものでござろう」

「ううーん」

と最初に一ノ瀬の技に疑問を呈した剣友が唸った。

この見所の端で京の袋物問屋の剣術好きの隠居の又兵衛と康吉のふたりが許されて見物していた。俊則が又兵衛をちらりと見た。老人が空也を柳生の庄へと連れてきたのだ。ゆえに空也のことをとくと知るのは老人と考えてのことだ。すると又兵衛がこくりと八代目に頷き、そうだ、と伝えた。

「俊則様、われらが見ておる若武者に匹敵する力を持つ者が当流におるやおらずや」

と見所では話柄《わへい》が転じて柳生新陰流に移っていた。柳生藩一万石の大名も正木坂道場に入れば、一門弟の扱いだ。ゆえに古い門弟衆とは忌憚《きたん》のない問答になる。

「一昨夜の柳生武大夫師範との『一夜勝負』が教えておりましょう。当流の実力者の柳生武大夫が手こずった相手ですぞ」

「なんとのう。この若武者の楽しげな稽古の背後に隠された強さはどこから来るものか、天分でござろうか。努力と申しても未だ二十歳」

との問いに八代目俊則が沈黙した。

一同の前では一ノ瀬と空也の立ち合い稽古が続いていた。楽しげだが和気藹々《わきあいあい》とした稽古というのではない。濃密にしてどこにも弛緩《しかん》はなかった。

そんな打ち合いに視線を預けていた俊則が、

「ご一統、この若者が偉大なる父親から受け継いだ天分もござろう。さらには、十六歳にして薩摩にて修行するために入国を試み、半死半生で薩摩藩の麓館なる居城の主《あるじ》に命を助けられた幸運もござろう。この若武者の武者修行の四年は、柳生の庄の正木坂道場での修行の十倍、いや、何十倍にも匹敵するとそれがし、見ております」

と又兵衛からたった今教えられたことを踏まえて一同に披露した。

「ただ者ではないか」

「ございませんな。そのうえひとつ」

と俊則が眼前で行われている対決に視線を向けた。

すでに両人の打ち合いは四半刻も続いたか、一ノ瀬の動きが不意に乱れた。それを見た空也が、

すいっ

と下がり、

「ご指導有難うございました」

と礼を述べた。

対戦者の一ノ瀬は茫然自失の体で立ち竦《すく》んでいたが、はっ、と我に返り、

「坂崎空也どの、それがしこそ生涯一度の稽古をつけてもらいましたぞ。礼を述べるのはこの一ノ瀬にござる」

と空也と対面し、改めてお互いが礼をし合った。

「次、野村百之介《のむらもものすけ》」

と次の対戦者の名が呼ばれた。

その光景からふたたび見所の剣友連に視線を戻した俊則が、

「それがしの推量に過ぎませんぞ。若武者坂崎空也、この四年の武者修行の間に修羅場を幾たびか潜って生き抜いてきたと思えます。この点、そこもとら、どう考えられるかな」

「なに、真剣勝負を経験しておると申されるか」

「四年の修行じゃぞ、俊則どの、当然一度や二度、真剣勝負を経験していような」

と剣友らが俊則の問いに応じて答えた。

「生死を賭けた勝負を乗り越えた者の強さか、いや、強ささえもわれらに感じさせぬこの余裕はどこからくるものであろうな」

と俊則が自問した。

「八代目、われらが想像もできぬ歳月をこの若武者、乗り越えてきたのではないか。それがし、坂崎空也どのの力に匹敵すべき道場勝負をつい最近、和歌山《わかやま》城下のある町道場で見申した」

と初めて口を開いた剣友が言った。

「その者、空也どのとは別人でござろうな」

「明らかに別人でござる。城下の道場に乗り込み、十両を差し出して道場主との勝負を願いおった。この道場破り、絹物を着た若武者で鷹《たか》を抱えた小者《こもの》を従えておって安芸広島《あきひろしま》藩の重臣の倅とか。名前も分かっておる。佐伯彦次郎《さえきひこじろう》と申すのだ」

「おお、その者の名、聞いたことがござる。われら柳生新陰流が柳生の庄に逼塞《ひっそく》して伝来の武術を後進に伝えておる間に、江戸では坂崎空也、安芸広島では佐伯彦次郎と申す新進気鋭の剣術家が武名を轟《とどろ》かせておったか」

と見所の柳生新陰流の剣友が言葉を失っていた。

「いや、われら、遅きに失したかもしれぬが、剣術家坂崎空也どのをこの柳生の庄に連れて参った京の老舗の隠居又兵衛が、若武者の並々ならぬ力を察したことに感謝するしかあるまい。又兵衛の思い付きを無駄にしてはならぬ。この若者が柳生の庄にいるかぎり、われら、空也どのから学ばねばならぬことがたくさんあるでな」

と八代目柳生俊則が言い切った。

「ほう、京の老舗の隠居が坂崎空也どのの秘められた力を悟ったか」

と一同が又兵衛を見た。

「ご一統様、わしはただ宇治のめし屋で会《お》うた若侍がなんとのう気になってな、室生寺への旅に誘ったんでおます。むろんその道中に柳生の庄があり、武者修行の主なら柳生の庄に連れていけば大喜びするであろうことは承知しておりました。けどな、ご一統はん、まさか柳生新陰流の衆が仰天するほどの若侍とは思いもしまへんでしたわ」

と又兵衛が応じた。

「又兵衛、そなた、空也どのの修行についてなんぞ当人から聞かされておらぬか」

「わての知っとることはすべて柳生の当代様に話しましたで」

と言った又兵衛がふと傍らの康吉を見た。

「康吉、そなた、空也はんとはさほど歳が変わるまい。そのうえ江戸育ち同士や、話が合うのんと違うか。そや、最前文を書く間、あれこれと話したのと違うか」

と隠居に質された康吉が、

「はい、時折り筆がとまり、空也さんが武者修行の薩摩入りからただ今まで、真剣勝負九番を戦い、生き残ってきたことを聞かされました。その相手方は、空也さんの力を見て、真剣勝負を望んだ剣術家と聞いております」

「なに、坂崎空也どのは四年の間に九番もの真剣勝負を挑まれたというか」

俊則が知らぬことを聞かされて驚きの言葉を発した。すると康吉がさらに新たなことを告げた。

「殿様、空也さんは生まれ育った高野山の麓、内八葉外八葉の姥捨の郷にて武者修行を終わりにすることを考えておられます」

「なに、空也どのは江戸生まれではないのか」

「はい、空也さんのご両親が老中田沼意次様に江戸を追われて諸国を流浪《るろう》しておる折りに、一行に従っていた女衆が姥捨の郷に連れていったとか。空也さんはその地で生まれたのです」

一同が康吉の言葉を聞いて、

「おお、坂崎磐音どのにさような苦難の時期があったと剣友の室町様から聞かされたことを思い出したわ。そうか、空也どのは誕生の折りから苦難の旅をしてまいったか。となると、やはり並みの武者修行者ではないな」

「八代目、空也どのが武者修行の最中に九人もの剣術家から真剣勝負を挑まれてすべて退けてきたことにようやく得心したぞ」

と八代目の柳生家当主と剣友のひとりが言い合い、上士の稽古場で何人目かの柳生新陰流の剣術家と木刀稽古を続ける若侍を見た。

「ただ今まで空也どのは九番勝負を戦ってきたというたな、また武者修行を終わりにしたいとも考えているそうな。となると十番勝負はもはやないか」

と別の剣友が洩らした。

しばし見所を沈黙が支配した。

「隠居、そなたら、しばらくこの柳生の庄にいることになるぞ」

「殿様、十番勝負がこの柳生の庄で行われますか」

「残念ながら柳生新陰流には坂崎空也どのに挑む力の主は一人《いちにん》もおるまい」

と八代目藩主柳生俊則が残念そうに洩らした。

二

紀伊国高野山の麓、内八葉外八葉の姥捨の郷。柳生の庄のなんでも屋の店先で空也が認めた文が九度山《くど やま》舟戸河湊《ふなとかわみなと》の船着場気付を経《へ》て雑賀衆《さいかしゅう》のひとりに渡り、霧子に届けられた。

「おや、弟は大和国柳生の庄におられますよ、眉月様《まゆつき》」

と傍らにいる渋谷《しぶや》眉月に言った。そこへ利次郎《としじろう》が姿を見せて、

「なに。空也どのは隣国大和国の柳生の庄におるか。地、柳生十兵衛《じゅうべえ》様の末裔《まつえい》たちの修行の地ではなかろうな。霧子、文の中身が知りたいな」

と催促し、三人は御客家《おきやくや》の縁側に坐した。

空也の柳生の庄での暮らしは落ち着き、日々の稽古に没頭していた。なにしろ柳生の庄は柳生新陰流の聖地だ。すべてが剣術優先の土地だった。

空也はたちまち柳生の庄の暮らしにも正木坂道場の稽古にも馴染んで、もはや何年も逗留しているような気分だったし、周りからもそのような扱いを受けていた。

そんな最中、朝稽古が終わりに近づいたとき、道場に村人らしきふたりが姿を見せて、師範代の川本と話し始めた。直ぐに空也がその場に呼ばれた。

「空也どの、タテギが出来たそうじゃ、確かめてくれまいか。そなたの描いた絵図面どおりの寸法に造ったそうじゃぞ」

「おや、この御仁《ごじん》がタテギを設《しつら》えてくれましたか」

「おお、ふたりは柳生の庄のなんでも屋の奉公人とその兄者《あにじゃ》でな、大工と呼ばれておる」

「なんと本職の大工どのがタテギを造ってくれましたか。見るのが楽しみです」

というと空也らは庭に出た。タテギを造った兄弟のひとりには文を認めた折りに世話になっていた。

「おお、こたびも厄介《やっかい》をかけましたか」

と空也が礼を述べた。

正木坂道場の広い庭の一角にタテギは鎮座していた。なんとも立派なタテギだった。

空也は部材も立派なら作業も丁寧なタテギを熱心に見た。

「なんぞ注文がござるかな」

「いえ、さようなことはございません。立派過ぎて困惑しております」

道場の広庭は年末の餅搗《もちつ》きなど催しに使われるという。広さはたっぷり三百坪はありそうで、庭の一角は布目川に流れ込む小川に接していた。

ううーん、と唸る空也に、なんでも屋の奉公人の弟が、

「侍はん、横木の束はこれでよいか」

と質した。

空也が指示した通り、真っすぐな一間半ほどの長さの杉材などで、径は一寸五分にほぼ揃《そろ》えてあった。

「タテギには勿体《もったい》ない出来です。困ったな」

「道具が立派じゃとて、困ることはあるまい」

川本師範代が言った。

「いえ、これまで幾たびも修行の地でタテギを自作したり造ってもらったりしましたが、立派なタテギが造られるとそれがしが十分に稽古をせぬうちに、その土

地を離れねばならぬ事態が生じるのです。四年のうち、いったいいくつのタテギに接したことか。今また正木坂道場を去ることにならねばよいが」

「ま、待ってくだされ、空也どの。このタテギで存分に稽古をして一日でも長く柳生新陰流に活を入れてくだされ」

と慌てた口調で川本師範代が言い返した。

「それがしも天下の柳生新陰流の創始の地でそれなりの間、稽古を積みとうござる」

と応じた空也は、兄弟ふたりに丁寧に礼を述べた。すると弟のなんでも屋の奉公人が、

「侍はん、礼はよろし。わしら、このタテギがどう使われるか知りたい」

と願った。

「それがし、道場から木刀を持ってきます。恐れ入りますが横木を十五、六本ほど束ねてタテギに並べてくれませんか」

と空也が道場に戻ると朝稽古の前、独り稽古の折りに使う薩摩流の木刀を手にした。

「空也どの、われらもタテギとやらの稽古を見てよいか」

と中士の入江欣也が声をかけてきた。

「むろんですとも、立派なタテギで使うのが勿体のうござる。おお、そうだ、欣也どの、そなた方もタテギ相手に稽古をしませんか」

「難しくはないか」

と上士のひとりが空也に質した。

「容易い動作です。ただしご一統様には、武士にさようなことが出来るかと申されるやもしれませんな」

「どういうことだ、空也どの」

「ご一統様、薩摩流儀の野太刀流の稽古を見れば分かります。庭に出られませんか」

との空也の誘いに稽古着姿の大勢の門弟衆が道場から庭へと下りると、

「おお、これがタテギか」

「薩摩は不思議な稽古を為すものじゃな」

などと言い合った。

すると庭を見下ろす道場の戸板が開かれ、見所にいた柳生藩八代目藩主柳生俊則や古い門弟衆の剣友がたが廻廊に出てきてタテギ打ちを見物する気配を見せた。

「空也どの、なんとも凄いタテギ披露になりましたぞ」

と川本師範代が空也に笑いかけた。

空也は廻廊の重役《おもやく》がたに会釈し、

「それがし、薩摩以来、幾たびもタテギを見たり、実際に叩いたりしてきましたが、かように豪奢《ごうしゃ》なタテギ台は初めてでございます。剣術巧者のご一統様に小賢《こざか》しいことを説明するようですが、薩摩は未だ戦国の気風を色濃くとどめており、かような土臭い稽古も繰り返しております。なんぞ天下の柳生新陰流に工夫を授けられるかどうか、それがしがまずタテギ打ちの基、続け打ちをご覧にいれます」

と空也がまず草履《ぞうり》を脱いでタテギの傍らに揃えて置いた。

「なんと薩摩では裸足で稽古をいたすか」

と洩らす門弟もいた。

空也は柳生新陰流が薩摩の稽古に関心を示すかどうか、まず最初の関門が庭で裸足にてタテギ打ちを行うことだと考えていた。

タテギから二間ほど離れた場に立った空也がタテギに一礼を為した。

長い木刀は右手に提《さ》げたままだ。タテギに近寄ると蹲踞《そんきょ》するようにタテギの前で腰を下ろし、木刀はタテギの下の地面につけて数瞬、沈思した。

大勢の門弟衆が空也の流れるような動きを沈黙して凝視していた。

すっ
と立ち上がった空也が右足を前に出し、木刀を右蜻蛉に差し上げた。

「おお」

とどよめきが起こった。

それほど空也の右蜻蛉は虚空を突き上げるように大きな動作でぴたりと止められていた。

次の瞬間、空也の右蜻蛉の木刀が横木の束を叩いた。そして木刀を横木の束に一瞬止めてふたたび右蜻蛉の構えに戻した。

左右の足を一瞬のうちに代えて横木を叩いていく。

足の先は横木に対して直角の位置にして踵《かかと》を上げる。

その折り、空也は親指、人さし指、中指の三本だけで踵の上げ下げをなす。その繰り返しが段々と速さを増した。

薩摩の古人は「朝に三千、夕べに八千」のタテギ打ちの稽古をして心気を養ったのだ。

空也も薩摩の古人を見習い、地軸を打ち込む気迫で打ち据え、いつしか口から天地を両断するような気合を発していた。

柳生俊則は、

（これが薩摩剣法か）

と驚愕した、そして、弱冠二十歳の若者がこの稽古に耐えたことに感嘆した。

（ただ今の柳生新陰流は形骸《けいがい》に落ちておる）

とも思った。

無限と思える続け打ちが繰り返され、一打ごとに速さと強さが増していくのが見て取れた。

いまや正木坂道場の門弟衆は無言で空也のタテギ打ちを凝視していた。

空也が続け打ちを止め、タテギに一礼すると、すすっ、とタテギより十数歩後退し、右蜻蛉に改めて構えをとった。

地面に吸い付くような歩みでタテギの前に戻ると、そのまま一気にタテギに木刀を振り下ろした。木刀が横木の束を音もなくふたつに叩き割ると空也はタテギの前で法の如《ごと》く一礼した。

柳生新陰流の一統が茫然自失していた。だれもが言葉を失《な》くしていた。

空也が一統に頭を下げると、門弟のひとりが思わず両手をゆっくりと打ち合わせた。すると一人ふたりと拍手に加わり、全員が手を叩いて空也のタテギ打ちを認めてくれた。

長い拍手の間、空也は木刀を手に頭を下げて喝采《かっさい》を受けた。そのあと、

「ご一統様、これが薩摩の剣法の稽古法の一端にございます。最後の横木打ちは、掛《か》かりと呼ばれます。それもこれも『朝に三千、夕べに八千』の素振りがタテギ打ちの技に繋《つな》がります。素振りの賜物で、続け打ちにしろ、掛かりにしろ、さらには、早捨《はやしや》、抜き、打廻り、長木刀、槍止《やりど》めなどの技が生み出されたのです。それがしの薩摩剣法は未だ初歩、ご一統様の拍手に値《あたい》する技ではございません」

と空也が門弟衆に言った。

「いや、われら、坂崎空也の四年の武者修行の本気をいま教えられた。そなたがこの柳生の庄に来てくれたことを神に感謝いたす」

と俊則が言い切った。

タテギ打ちの披露のあともその場に残ったのは何十人かの若い門弟衆だ。そのひとり、中士の欣也が、

「空也どの、薩摩の木刀をそれがしに持たせてくれませんか」

と願い、空也から受け取ると、

「お、長くて重いぞ。この木刀を空也さんは、あのように軽々と振り回すなど信じられん」

と言いながら上段に構えた。

「欣也さん、力を込めて振り下ろさないでください。初めてのお方は腕の筋を傷《いた》めます」

と注意した。

「えっ、そんなことがありますか」

「騙されたと思って上段からゆっくりと下ろしてください。その折り、臍下《せいか》丹田《たんでん》にしっかりと力をこめて下ろすのです」

「そうか、薩摩の木刀は振り下ろすのも厄介か」

と言いながら欣也が木刀を下ろし始めたが、

「おお、段々と重さが腕に来たぞ。空也さん、それにしても薩摩は大仰ですね、朝に三千でしたか、それで夕べだか宵だかに八千回など、この木刀の素振りが出来るわけがない」

「そう思われますか。むろん多忙な日は、この数をこなせません。ですが、一回でも多く素振りをすることが大事なのです」

「朝に三千か、空也さん、見せてください」

と欣也が木刀を空也に返した。

「承知しました」

と愛用の木刀を受け取ると、タテギの前で改めて礼を為した。しばし瞑目《めいもく》した空也が両眼を見開き、タテギに向かって素振りを始めた。右蜻蛉から一気にタテギに向かって木刀を振り切った。横木の束は最前へし折っていたので空間に向かって続け打ちを開始した。淡々とした素振りの続け打ちが一定の間と律動を持って繰り返された。もはや空也は自らの世界に籠り、ひたすら集中して素振りを続けた。

川本師範代が、

「木刀の素振りから気を断ち切る音がせぬか」

と独語した。

「師範代、それがしにも聞こえます」

「隠居め、えらい若武者を柳生の庄に案内してきたぞ」

との声に、廻廊の一角に坐して素振りを見ていた又兵衛が、

「師範代はん、わてもかような御仁とは夢にも思わんことでしたわ。寛政の御世にほんものの剣術家がおるんやな」

と感嘆した。

「老人、そなたの言葉に異《い》は挟《はさ》めぬ。欣也が一度も出来なかった薩摩の素振りだか、タテギの続け打ちだか、恥ずかしながらそれがしも一度としてできまい」

と川本が正直な気持ちを告白した。

「川本はん、タテギ相手の続け打ちを柳生新陰流の木刀でやったらどうなります」

「うむ、横木二、三本ならなんとかなろう。されど空也どののように十五、六本は叩き折れまい。試してもよいが、われら、腕の筋を傷めるか、木刀が傷だらけになるか、いずれにしても使い物にはなるまいな」

そんな問答の間にも空也の素振りは休むことなく続いていた。

「欣也、そなたが空也どのを唆したのじゃぞ。そなたが空也どのの素振りを止めさせよ」

と師範代の川本が命じ、空也の素振りを数えていた欣也が、

「ただ今、二百を超えました。ひょっとしたら一刻もあれば朝の三千はいくやも、

いえ、必ず三千回に達します」

　といささかのぼせた体《てい》で応えた。呆《あき》れた川本は、

「われら凡人剣術家が一刻もの間、坂崎空也どのの素振りを無益に見ていてもしょうがあるまい。だれぞわれらのなかに薩摩剣法の続け打ちに挑む者はおらぬか」

　と庭に留まっている面々に質した。

「師範代、われら上士から素振りの熟達者を三人ほど選びました」

　と何日か前、上士門弟衆の最後から二番手で登場し、空也と立ち合い稽古をした矢代が言い出した。

「矢代、そなたが薩摩の続け打ちに挑戦する気か」

「師範代、あの折りの無様《ぶざま》をそれがし二度と繰り返したくはありません」

「おお、そなた、空也どのの空《から》面打ちを食らって気絶しおったな」

「師範代、言わんでくだされ。空也どのにかかっては、上士の矢代などまるで赤子扱いでござる」

「それは師範代と呼ばれてきたそれがしもいっしょだ。ともかく、そなたが選んだ素振りの上手三人にタテギ打ちを経験させようではないか」

と言った川本師範代が欣也に、

「空也どのの朝の三千をなんとか止めよ」

とふたたび命じて、欣也が恐る恐る空也に近づき、

「ううっ、近くで空也どのの素振りの音を聞くと肝《きも》っ玉まで縮み上がるぞ。師範代、このまま続けさせてはなりませぬか」

「われらにも細《ささ》やかじゃが意地があろう。欣也の素振り為らずで今朝の稽古を終わるわけにはいくまい」

「そう申されますが、空也どのは素振りに集中しておられます。太くて重い木刀で頭を殴られたら、それがし、身罷《みまか》りませんか」

「おお、命の一つやふたつ差し出す気でないと空也どのの素振りは止められまい。さあ、なんとかしろ」

とみたび命じられた欣也がついにタテギを挟んで前のほうに廻り、空也に呼びかけようとした。すると空也が素振りを止めて、

「なんぞ御用ですか、欣也さん」

と平静な声音で言った。

「あれ、空也さん、われらの問答をすべて聞いておられましたか」

「素振りを続けながらも話は聞かせてもらいました。柳生新陰流の定寸の木刀でタテギを相手にするのも一興です。それがし、見物に回らせてもらいます」

と空也が言い、最前自分が叩き折った横木の束をタテギからどかして新たに横木を五本ほど寝かせて両端を縄で縛った。

「ご一統、タテギの続け打ちは薩摩の野太刀流の基の動作であり、構えと形と間合いを己の体に覚えこませるためのものです。力で横木を叩き割るなど、それがしがなしたことは余計なことです。タテギ打ちの動作を毎日繰り返して鍛錬することで、足腰が鍛えられます」

「空也どの、そなた、薩摩入国以来、このタテギ台に向かって、例の『朝に三千、夕べに八千』の続け打ちをなしたか」

と川本師範代が念押しした。

「師範代、武者修行の旅にタテギ台などありません。ゆえにそれがし、どのような土地でも実際のタテギ台を思い浮かべ、構えと形と間合いを気にかけて虚空相手に素振りをなしてきました。かようなタテギ台への続け打ちは道場に逗留した折りにやるだけです。ゆえにそれがしの『朝に三千、夕べに八千』の稽古は本来の素振りで十分に可能というわけです」

「ならば薩摩の重くて長い木刀であれ、柳生新陰流の定寸の木刀であれ、よいということでござるな」

正木坂道場の素振り上手な三人のうちのひとりであろう、がっしりとした五体の持ち主が空也に質した。

「おっしゃる通りです。かように立派なタテギ台があるのですから続け打ちをしてみませんか」

「相分かった。それがし、上士組の上念喜多朗《じょうねんきたろう》と申す」

と姓名まで名乗った上念が草履を脱ぎ捨てると地面に足裏を馴染ませて、タテギに一礼し、手慣れた木刀でタテギと対面した。

上念は空也がなした基の動作をとくと見ていたのか、動きを丁寧になぞり、右蜻蛉から木刀を横木に揮った。力を入れた続け打ちではなく軽く動きを体に覚え込ませる動作だった。

「おお、上念様、見事な続け打ちにございます。木刀でしっかりと横木を捉えることが大事です。慣れてきたら横木が揺れる程度に力を入れて、繰り返してください」

空也の忠告に頷いた上念の続け打ちはさらに構えと形と間合いが決まってきて

美しい動きになった。

「おお、上念、さすがに素振りの達人よのう。早速、薩摩剣法の基を飲み込んだぞ」

と川本師範代も褒めた。

上念は空也の言葉を守って決して余計な力を入れず、続け打ちの基本を守っていた。

「上念様、足の位置はタテギに対して直角に構えてください」

「おお、こうかな」

「はい、さようです」

「おお、結構きついな」

と言いながらも上念は満足げであった。

「上念様、足の構えが身についたら踵を上げてみませんか。これが野太刀流の大事な動作です」

「なに、踵を上げる動作が加わるとなかなかきついぞ」

「いえ、初めての方がこれだけできるとは、それがし信じられません。最後の続け打ちの大事なことを申します。よいですか、踵を上げる動きの折り、親指、人さし指、中指の三本で立ってみてください」

「なに、親指、人さし指、中指の三本で踵を上げるとな、薩摩剣法、末恐ろしいぞ」

と言いながら上念がなんとか踵を上げた。そこで動きを止めて、

「師範代、木刀でただ叩くだけではありませんぞ。で十分に鍛錬になりそうじゃ」

と言った。

この日、庭ではいつまでもタテギ台を相手に続け打ちの稽古が続いた。

三

江戸・神保小路。

直心影流尚武館坂崎道場の坂崎家と門弟一同に宛てた一通の文が届いた。飛脚屋から道場の式台前で文を受け取ったのは三助《さんすけ》年寄りのひとり松浦弥助《まつうらやすけ》だった。

「おや、柳生の庄から空也さんの文か」

といささか驚きを顔に浮かべて呟《つぶや》き、朝稽古がそろそろ終わろうとする道場へ

持参した。

偶然磐音は視線を、文を手にした弥助に向けた。

「空也さんからですぞ」

「姥捨の郷に戻りましたかな」

磐音は嫡子空也が生まれた高野山の麓の郷に戻ったかと尋ねた。

「いえ、なんと柳生新陰流の柳生の庄と差し出し地が認めてございます」

「家康公以来の将軍家の師範たる柳生家に空也はお世話になっておりますか」

「師匠、柳生の庄は大和国でござれば、段々と紀伊国姥捨の郷に近づいておることはたしかですぞ」

弥助と磐音の問答を聞いていた見所の速水左近《はやみさこん》が、

「空也どのは最後の修行の地に柳生の庄を選びましたか」

と加わった。さらに睦月《むつき》の夫たる中川英次郎《なかがわえいじろう》が、

「師匠、いつもの如く母屋《おもや》の仏壇に文を供えて、関《かか》わりの人々をお呼びしますかな」

と問うた。

「そう願えますか」

道場から英次郎と弥助のふたりが消えた。

「磐音どの、姥捨の地は近いようで未だ遠いのう」

と尚武館の先代佐々木玲圓の剣友の左近が呟いた。

「さらに江戸は遠《とお》うございますな」

と珍しくふたりの言葉に感傷が籠《こ》められていた。

この日の昼下がり、坂崎家に残った速水左近のほか、渋谷眉月の実父である薩摩藩島津《しまづ》家臣渋谷重恒《しげつね》、重富《しげとみ》利次郎の実父の重富百太郎《ひゃくたろう》、三助年寄りの小田《おだ》平助《へいすけ》、松浦弥助、客分格の向田源兵衛《むこうだげんべえ》、空也の友の撞木玄太左衛門《しゅもくげんたざえもん》、尚武館の高弟の川《かわ》原田《はらだ》辰之助《たつのすけ》、今津屋《いまづや》の老分《ろうぶん》番頭由蔵《よしぞう》らいつもの面々が集まった。むろん坂崎家の身内も顔を揃えていた。空也の母のおこんが、

「睦月、空也は武者修行を終わりにして姥捨の郷を訪ねると過日の文で私どもに伝えませんでしたか」

「母上、気まぐれの武者修行者の行動など妹の私に聞かれても分かりかねます」

といつものように空也の実妹の睦月が突っぱねた言い方をした。むろん実兄を案じる心の裏返しの表現だった。

「母上、私どもより眉月様や利次郎、霧子ご夫婦のほうがいらいらしておりまし

ょう。いくらなんでもあちらにも文は出したのでしょうね」

「睦月、空也がふんだんに飛脚代を携えているとは思いません」

「大和の柳生の庄から江戸に出す飛脚代をお持ちならば、江戸よりも近い姥捨の郷への飛脚代は断然安いはずですし、その程度の金子《きんす》はお持ちでしょう」

「ならば眉月様も利次郎さんがただ今の空也の滞在先を承知ですね」

おこんが渋谷と重富二家の実父ふたりがこの場にあることを気にかけて質した。

「娘の眉月は己の判断で紀伊国姥捨の郷に出かけたのです。おこん様がさように気にかけられる要はございませんぞ」

と渋谷家の当主が笑みを浮かべた顔でいい、利次郎の実父も、

「いかにもいかにも、われら江戸の面々の心配をよそに、一行は弘法大師《こうぼうだいし》様の関わりの地を楽しんでおるのでござろう」

とこの家の女主《おんなあるじ》の気遣いに応じた。

「大事な娘御や利次郎さんとわが娘のごとき霧子に迷惑をかけております。空也が神保小路に無事に戻った節は厳しく注意いたします」

「母上、兄上は未だ霧子さんおひとりが姥捨の郷におると思うておりましょう。ともかく武者修行の兄ひとりにここにおられるご一統様は十分心配をかけられて

きました」

との睦月の言葉を受けて、

「おまえ様、門弟衆もほぼ揃いました」

おこんが文を披《ひら》くことを亭主の磐音に願った。

磐音がいつものように仏壇から空也の文を手に取り、神棚に拝礼して席に戻った。

「ご一統様、この四年余かようなお呼出しを幾たび繰り返したのでしょうな。いつもこれが最後と心中神仏に願って参りましたが、空也はなかなか応えてくれませぬ。なんとも申し訳ございません」

と前置きして文を披いた。

しばし黙読した磐音がゆっくりとした口調で読み始めた。

「坂崎磐音様、おこん様、
中川英次郎どの、睦月様、
剣友諸氏、門弟衆各位様、
不肖坂崎空也、大和国柳生の庄、柳生新陰流正木坂道場に滞在しております。

その経緯《いきさつ》を認めます。

山城国宇治はずれのめし屋に入った折り、大和国室生寺に詣でるという京の袋物問屋かつらぎの隠居又兵衛様、同行の姪のひさ子様、手代康吉どのの三人と知り合いになりました。それがしが武者修行中と知ったご隠居様に室生寺詣でを誘われ、それがし、同行を承諾いたしました」

ここでいったん磐音が言葉を切った。

「不肖坂崎空也だって、呆れた。食事処で誘われて直ぐに応じるなど武者修行者としての緊張に欠けておりませんか、父上」

「睦月、先を読む、よいな」

「どうぞ」

「手代の康吉どのが背に負った包み、それがし、大金かと勝手に察し、用心棒に雇われたのであろうと推量しました。

ところが又兵衛様は、それがしを柳生の庄、柳生新陰流正木坂道場に案内なされ、なんと道場で稽古を為すことまで話をつけてくださいました。

このご隠居、上方では剣術好きとして知られ、師範の柳生武大夫様や川本師範代とも昵懇《じっこん》の間柄だったのです。どうやら武者修行者と知ったときから柳生の庄に連れていく心づもりであったようです」

とまた文を読むのを止めた磐音が、

「睦月、空也の人柄を察せられたご隠居が柳生の庄に案内されるなどありそうでそうそうないことであるぞ。うちがこの神保小路界隈で公儀官許の道場と、人の口の端に上るのとは異なり、あちら様は家康公以来のお付き合いの、公に列記された将軍家師範である。柳生新陰流の正木坂道場と直心影流の尚武館とでは武道場の始まり、格式が違うでな」

と娘に言い聞かせ、

「どうですな、それがしの考え、速水様」

と佐々木玲圓の剣友にして家斉の御側御用取次《おそばごようとりつぎ》に質した。

「いかにも柳生新陰流と徳川家は親しい交わりじゃ。空也はよいところに最後の武者修行の地を求めたのではないか」

同席の門弟衆も、

「おお、最後の武者修行の地が柳生新陰流とは空也どのは武芸者としてよき運を持っておられるわ」

「やはり武者修行は人柄が大きく左右しおるな」

などと言い合った。

「ご一統、空也の文は少し残っておる。最後までお聞きくだされ」

と断わった磐音が、

「それがし、四年余の武者修行中、各地の道場に逗留を許され、稽古を許してもらいましたが、柳生の庄を訪れるまで、神保小路の尚武館道場が一番大きいと勘違いしておりました。二百年前に柳生の庄に創始された正木坂道場の堂々たる威容と数え切れない門弟衆の稽古の光景に圧倒されました。

ともあれ、それがし、隠居の又兵衛様のご厚意をしかと受け止めるべく、しばしこの地にて修行を続ける所存です。

なになにかようなことまで書いてきおったぞ。おこん、そなたに触れておるわ」

「どういうことでしょう。空也が私に触れるなど」

とおこんが首を捻った。

「よいか、読むぞ。

母上、それがしが飛脚代にも事欠いておるのではないかと案じておられましょうね。

いかにも飛脚代の持ち合わせはございませんでしたが、ご隠居の厚意にてかように、柳生の庄のなんでも屋から姥捨の郷の霧子姉と神保小路に文を出すことが叶《かな》いました。この文はなんでも屋の店先でこちらの筆硯紙墨を借り受けて認めております。

尚武館道場のご一統様、武者修行を全《まっと》うすべく柳生の地で精進いたす所存です。大和国柳生の庄、柳生新陰流正木坂道場にて。坂崎空也」

と磐音が読み終え、

「近江にて牢舎《ろうしや》をひと晩経験したと空也が知らせてきたのが前の文であったな。こたびは大和国柳生の庄に草鞋を脱いでおるか。牢舎のひと晩泊まりより柳生新陰流の道場の逗留稽古がよいことはたしかじゃぞ」

「兄上のことです。どちらに参っても助勢してくださるお方に不足はございませんね」

と睦月が皮肉を放ち、

「睦月、そなたが察したように数多の人様のご厚意で修行をしておるな」

「父上、兄上は他人の気持ちを察するのが上手なのです。女殺しならぬ年寄り殺しとか。兄上がご隠居の又兵衛様の心情を察して立ち回られた結果が柳生の庄訪いに繋がったのです」

といつもの睦月節が出た。

「睦月、われらが義兄《あに》の武者修行の日々をさように容易く言い切ってよいものであろうか。それがし、こたびの柳生新陰流正木坂道場の滞在、天が定められた絆、又兵衛隠居と義兄の出会いがもたらした必然と思うておる」

「英次郎様は優しすぎるの。兄はあれでなかなか勘定高くて、狡猾《こうかつ》な考えの持ち主と思うな」

と睦月が言い切り、速水左近が苦笑いすると子息のひとり右近《うこん》が、

「空也どのと睦月様の兄妹、お互い好き放題を言えるほど信頼し合っておられますか。われら速水兄弟、英次郎様が申された絆など小指の先ほどもないな」

と問答に加わった。

門弟衆が空也の文に刺激されたか、あれこれと感想を述べ始めた。

「空也どのの近況は聞いたな。われらも道場に戻るぞ」

と師範代の川原田辰之助が言い、母屋から若手連を道場に連れ去った。その場には年寄り連が残った。そして、おこんと睦月の女たちも茶の仕度をするのか台所に下がった。

「磐音どの、この一件、上様《うえさま》にお話ししてよかろうか」

速水が不意に問うた。

「家斉様と当世の柳生新陰流とのお付き合いはどのようなものでございましょうな」

「それがし、上様のお口から柳生新陰流のことを聞いた覚えがないわ。家康公、秀忠様、家光様の徳川家三代と柳生ほどの濃密な付き合いはないとみたがな、この話、当代様はお慶《よろこ》びになるような気がしてな」

しばし考えた磐音が、

「速水様のご判断にお任せ申します」

「うむ」

と速水左近が受けた。

そんななかで尚武館道場の客分、槍折《やりお》れの棒術が得意な小田平助がなにごとか思案しているのに磐音は気付いた。

「小田平助どの、なんぞ考えがござるかな」

磐音の言葉にはっとした平助が、

「速水の殿様、師匠、ご一統様、下士上がりの人間ひとりのわずかな体験たい。わしの思い出話を聞いて不愉快ならば忘れてくれんね」

といつもより低い声音で言った。

「客分、柳生新陰流のことか」

「はい。速水の殿様」

との平助の返事に、

「ならば話してくれぬか。その先のことは坂崎磐音どのとそれがしの判断に任せよ」

その場に残った渋谷、重富両家の当代、今津屋の老分番頭、撞木らは尚武館を外から支える面々だった。だれもがそれなりの良識と判断力を持っていた。

「何十年前でござろうか。わし、冬の柳生の庄を訪れ、道場の拭き掃除でも庭の掃き掃除でもするで、稽古をさせてくれんね、と願ったことがありましたばい」

「ほう、小田どのは柳生の庄をご存じであったか」

磐音が初めて聞く小田平助の旅だった。

「たしかに空也さんが文に認めてこられたように柳生新陰流正木坂道場の建物は堂々たる威風に満ち、門弟衆も諸国から詰めかけて活況を呈しておりましたと。さような道場に、下士上がりの槍折れですが稽古をさせてもらえないかと訪ねたとです」

と思い出しながら平助が繰り返し、

「断られたかな」

と速水が即断した。

「へえ、正木坂道場は仕事の口利きはせぬと断られました。ならば道場稽古を見物させてもらえぬかと頼んだと思いなっせ。するとな、それなりの高弟と思しき者に、乞食《こつじき》、出ていかねば叩き出すぞ、二度と柳生の庄に足を踏み入れるでないぞと怒鳴られて若い門弟衆らに門外に追い出されましたと」

「客分、どこぞの道場と間違えられたのではないか」

と英次郎が質した。

小田平助が首を横に振った。

「まあ、こちらの形《なり》が形たい。そげん扱いを受けたことは、なかことはございませんと。けどな、門弟のだれひとりとして止めようともせず、こちらのことを嘲笑されたのは初めての経験でしたたい」

だれもが初対面の小田平助の形を思い出していた。諸国を浪々する武術家ならば平助程度の格好だと思った。

磐音はただ今の空也の身形《みなり》も神保小路に訪ねてきた折りの小田平助と変わりあ

るまいと思った。

「小田平助どの、あっさりと柳生の庄を立ち去られましたかな」

と撞木が質した。

「いえ、近くの破れ寺《や》にひと晩泊まってくさ、未明に正木坂道場に戻って天井裏に忍び込みましたと。わしはな、天下の柳生新陰流が道場破りでもない修行者にあのような手荒い扱いをしたのが偶々《たまたま》のことかどうかを知りたかったとです」

「で、一日天井裏から稽古をご覧になってどうでしたな、小田客分」

と質したのは渋谷重恒だった。

「渋谷の殿様、一見活況と思える柳生新陰流の稽古は形骸に堕ちておると見ましたと。むろん師範方や数少ない上士の剣術家のなかにはなかなかの力を持ったお方がおられました。けど二百年の歳月が柳生新陰流の初心をむしばんでおると見えましたと。あの正木坂道場ですがな、大勢の門弟を上士、中士、下士、新入りと分け、稽古の場所も同じ板敷きながら違いますと。それに上士には力のある者から末輩《まっぱい》まで厳しく順番がついております。むろん中士も下士も順位が定まっておりましてな、門弟衆は下士から中士、中士から上士に上がることだけを考えてくさ、相手を打ちのめすことばかり考えておりますと。こげな区別が剣道場にとってよかことやろか、磐音先生」

うう一ん、と唸った磐音は平助の経験に対し謙虚に応えるべきと思い、

「仰天しており申す。柳生新陰流ともあろう道場が順番ばかりを競い合うとは、正直言葉を失《な》くしており申す」

と答えながら、空也はそのことを判断できなかったかと訝しく考えた。

「空也さんの文の文句を磐音先生の口から聞きながら、わしは、空也さんと柳生新陰流の面々の打ち合い稽古の様子がなんとのう見えましたと」

と小田平助が言い切った。

「小田客分、ただ今の空也はそんな柳生新陰流の実態が見えませんかな」

「この文は剣術好きのご隠居はんに連れられて柳生の庄を訪ねた翌日か翌々日かに認めたものでなかろうか。わしが察するに数多の門弟衆のなかに空也さんの出自を承知の者がおったか、あるいは又兵衛隠居に空也さんが話していたかして、道場側には江戸の直心影流尚武館坂崎道場の嫡子であることが最初から伝わっていた、ために道場側は空也さんをそれなりに遇しておるのではありませんかのう」

との小田の言葉に撞木が合点をした。それでも、

「小田平助客分が申された道場はわが出身の辻無外《つじむがい》流道場の気風にも似ております。されどそれがしが稽古しておった道場と柳生新陰流の道場とでは比べものになりますまい。決してあってはならぬ道場の運営かと思います」

と言った。

撞木は長年修行してきた道場から理不尽な理由で追い出され、破れ寺に稽古場を開いて剣術を主導していたのだ。そこで空也と知り合い、さらに破れ寺道場まで追われた時、空也が尚武館道場に送り込んできた人物だった。

速水のような幕府の高官や大名家の重臣には理解のつかぬ目に遭《あ》ってきたからこそ小田平助の経験と気持ちを察したのだ。

「磐音先生、道場逗留が何日も過ぎたただ今の空也さんはすべて見通しておられると思いますばい。はっきりと言わせてもらいます。柳生新陰流の二百年より空也さんの武者修行の四年のほうが重かとです。まして剣術の本義に関わる稽古法、空也さんが見抜くのはさほど難しくはありますまい」

と小田平助が言い切った。

一座が重い沈黙に堕ちた。

この場のだれもが小田平助の人柄と槍折れの術の凄さを承知していたから、その話は胸に重く響いた。

「小田平助どの、磐音先生、それがし、空也の柳生新陰流滞在を上様に申し上げることはただ今の段階ではすまいと思う」

と速水左近が言った。

速水が自分の手下や密偵を使って柳生新陰流の実態を探るつもりだと磐音は思った。そのうえで、

「武者修行にはよき経験も悪《あ》しき体験もござろう。空也が流儀名や道場の大きさだけで是非を判断する武者修行者でないことを父親として願っておる」

と応じたとき、おこんと睦月が茶菓を運んできてこの話題は打ち切られた。

四

空也は朝稽古の前、タテギ台を相手に続け打ちを黙々とこなす日々を繰り返していた。柳生新陰流の門弟衆は道場稽古の習わしに戻っていた。薩摩剣法の基になる重くて長い木刀でタテギを続け打ちする稽古法に飽きたのだろう。裸足で黙々と独り五体を鍛える空也の稽古法に疑問を抱いた門弟衆もいた。

しがあるわ」

「あれは武士がなす剣術の稽古ではないわ。柳生新陰流には長年培ってきた習わしがあるわ」

「薩摩のように公儀に背を向けて国を閉ざすやり方は、寛政の世の武術ではなかろう。江戸の方針に従ってきた柳生新陰流は、政と武を合体した剣術である。下士のような稽古は柳生の庄には似合わぬ」

などと滔々《とうとう》と考えを述べる者もいた。

一時《いっとき》、坂崎空也の武者修行が評判になり、大和国を中心とした大名家の家臣たちが何年か振りに修行の地の柳生の庄に戻り、手合わせしたが、

「世の中には薩摩剣法ごとき剣術を貴《たっと》ぶ若武者がおるか」

空也の四年をこう評する者も出てきて、各々《おのおの》の奉公先に戻っていった。

空也はそんなわけで未明の続け打ちの独り稽古を淡々と繰り返していた。

そういえば柳生の庄の滞在が半月も過ぎたころ、宇治からいっしょに柳生の庄へ旅してきた馬子の熊五郎と九十のふたりが空也の独り稽古の庭にきて、

「お侍はんよ、いつまでこの地に居るつもりか」

と言い出した。

「わしら、なにもせんのに飽きたわ。贅沢《ぜいたく》に三度三度のめしを食うて道場の長屋

に寝ておるとな、宇治の暮らしが案じられてきたんや。隠居さんにわしら室生寺詣でに行かんで、宇治に戻るわと伝えてくれんやろか」

と願い、空也と康吉が又兵衛と話し合った。その結果、ふたりの馬子と二頭の馬は、それなりの労賃を懐に宇治へと戻っていった。

この日の朝稽古が終わったころ、康吉がタテギ台の前で空也を待っていた。

「なんぞ隠居どのの御用かな」

「いえ、私ひとりの考えで空也さんにお尋ねしたく、かように待っておりました」

「康吉どのも柳生の庄の滞在、飽きましたか」

「それもございます。空也さんもすでに承知のように私は江戸から京へ商い修業に来た身です。出来ることならば商いの場に戻りたいというのが正直な気持ちです。ですが、見習い修業の身で隠居にかような話は出来るわけもない。空也さんはいつまでこの柳生の庄に居《お》られる心づもりにございますか」

「それがし、康吉どのと気持ちはいっしょです。又兵衛様がそろそろ室生寺に参ろうかと言い出されるのを待っておるといったところです」

空也は柳生新陰流の現状にいささか幻滅を感じていた。いや、この現況をとく

と承知の八代目柳生俊則や師範の柳生武大夫ら一門の主導者たちは、

「改革」

の言葉こそ口にせぬが、二百年余この地で柳生新陰流を伝承し、徳川初代の家康が師範と認めた柳生新陰流の威光が形骸化してきた現状に深い憂慮を抱いていた。ゆえに坂崎空也の柳生の庄滞在に期待をかけたように空也には思えた。

だが、大半の門弟衆は、徳川家師範の柳生新陰流の、

「看板」

だけが目当てのようで、空也とは距離をとっていた。

「ご隠居の気持ちはいかがですか、康吉どの」

「隠居の剣術好きがこれほどとは、こたびの旅にて初めて気付かされました」

空也は黙って頷いた。

「隠居に空也さんから申し上げてもらえませんか。というのもこの旅の目的、女《にょ》人高野《にんこうや》の室生寺の本堂修復の費えを私が持たされております、このことは空也さんも承知ですよね。まずこの御用を済ませたのち、柳生の庄に逗留するのが袋物問屋かつらぎの当代の意向ではなかろうかと私は思うております。されど同じ言葉の繰り返しですが、江戸から商い見習にきた者が、とても隠居様にさようなこ

とは願えません」

「姪御のひさ子さんはどうですか」

「分家のお店の娘、ひさ子さんは隠居の身の廻りの世話方です。柳生の庄逗留が長くなり気持ちが飽きておられることはたしかですが、ご当人から隠居へは」

「言えませんか」

と空也が応じたところへ中士の入江欣也が珍しく姿を見せ、

「続け打ちの稽古にみえましたか」

と空也が笑いながら尋ねると、

「空也さん、武者修行に戻られるお気持ちはございませんか」

といきなり詰問した。

「それがしがこちらに居ると迷惑ですかな」

「さような失礼を、武者修行者とはいえ、直心影流尚武館道場の跡継ぎに一中士の分際《ぶんざい》で言えるわけもありません」

「おお、内心はそう思うておられる」

同年代の三人がしばし黙り込んだ。

康吉がふたりの問答を聞いて、

「ご両人、この康吉にしばし時を貸してもらえませんか」

と言い出し、ふたりは頷いた。

康吉がふたりを連れていったのは柳生の庄のなんでも屋だ。ここでは布目川の河端で茶も供していた。

空也は、タテギ台を設えてくれた男衆に会釈して河端の縁台に坐した。

「空也さん、入江様、私、この三人それぞれの悩みは同じではありませんか。虚《きょ》心坦懐《しんたんかい》に話し合うのがよきことかと考えました」

康吉は三人のなかで一番年上であり、江戸では老舗のお店の倅であり、京に見習奉公に出されるほど優秀な人物であった。そして、かつらぎの隠居の供で大金を持たされるほど信頼されており、室生寺詣でを命じられていた。

「いかにもさよう心得ます。まず入江欣也どのからそれがしに話があるそうな」

と空也が言い出し、欣也が首肯して話し出した。

「それがし、空也さんの武者修行が薩摩剣法だけではないと承知しています。そのうえで申し上げます。正木坂道場でつい先日、薩摩藩の稽古法、タテギでの続け打ちを空也さんが紹介されて評判になりました。ですが、今やどなたも地道な稽古などなさろうとはしません。それがし、空也さんがくる以前の道場の稽古にどうして上士連を筆頭に戻ってしまわれたかと首を捻っておりますが、とても上士衆には聞けません」

「入江様は賢いお方とお見受けしました。そなた様になんぞお考えがあるのではありませんか」

と康吉が欣也を促した。

「われらが子供のころに柳生新陰流を学んだ大先輩たちが大勢、空也さんの評判を聞いて正木坂に戻って参りましたな。大半のお方が近畿《きんき》一円の大名家などの剣術師範を勤めておられます。そのような方々のうち、姓名は申せませんがおふたりが八代目柳生俊則師に談判をなされたそうな」

「ほう、談判ですか」

「空也さん、そなた様の教えは柳生新陰流にとって芳《かんば》しくないゆえに、とっとと追い出せ、いえ、このお方の言葉です、私の言葉とお間違いのないように」

「欣也さん、それがしと欣也どのは心を通わせた友と思うております。ゆえに思い違いなどしません」

と空也が苦笑いしながら言った。

「ならば話を進めます。このお方ともう一人《いちにん》、八代目に面談し、最前の言葉を口にされたとか。俊則師は、『ご両人、それがしをそれほど蔑《さげす》んでおられるか。人を見る眼は、柳生俊則、持っておる』と申されて対面の場から追い出されたそうな」

「さすがは柳生新陰流の八代目はんどすな」

と使い慣れぬ京言葉で康吉が応じて、欣也を見た。

そこへなんでも屋の女衆が茶菓を運んできて、話が止まった。

三人は無言で茶を喫した。

空也は茶どころの茶を喫しながら八代目柳生俊則ら少数の幹部連の双肩《そうけん》に柳生新陰流の改革がかかっていると考えていた。

「入江様、空也さん、その先がございます」

と康吉が切り出した。

ふたりが康吉を見た。

「そのお二方と思しきふたりが隠居の又兵衛に面会を求められました」

「なんということが」

と自分の話で終わらなかったことに驚きを見せた欣也が康吉を凝視した。

「どのような用件でござろうか」

「入江様、金策にございます」

「はあ、あのご両者が京の大店《おおだな》の隠居どのに金策ですと。なんのために金子が要るのでしょうか、康吉さん」

「お二方とも、とても空也さんと立ち合う勇気はないようで、金策の理由を問われたご両人がうちの隠居に、『われら自らは立場があるゆえ動けぬ。なれどわが奉公先にも腕の立つ剣術家を抱えておる』と答えておりました。私、偶さか隣り部屋におりまして、問答を洩れ聞きましてございます」

「又兵衛様はなんと答えられましたな」

「ご両人、坂崎空也はんをだれがこの柳生の庄に案内してきたと考えておりますな」

「そのほうであろうが、宇治のめし屋などで知り合うた若造をどのような考えか知らぬが正木坂道場に連れてきたのは」

「いかにもさようです。その又兵衛から金子をせしめ、腕の立つ剣術家を雇うて、坂崎空也はんをどないしようというお心算《つもり》ですか」

又兵衛の呆れた声が康吉に伝わってきた。

「ともあれ、正木坂道場から追い出す」

「呆れましたな」

「そのほうが柳生の庄に連れてくるで、かような面倒が起こっておるのだぞ。又兵衛、そなたに責めがないとは言わせぬぞ」

「さような考えを知られたら、八代目や師範の柳生武大夫様がどう思われますかな」

「柳生武大夫はそれがしより後輩じゃぞ。文句は言わせぬ」

「お言葉ですが、坂崎空也様と武大夫師範は、あの『一夜勝負』を戦われた間柄どす。お手前がたのように他人の褌《ふんどし》でなんぞ企てようやなんてあきまへんな。さような金子は持ち合わせておりまへんな」

「隠居、そのほう、馬子ふたりに多額の馬代を払うたというではないか。それに手代が大金を京から持参してきたのもわれら承知じゃ、求めているのはわずか五十両じゃぞ」

しばし思案するような又兵衛の沈黙があった。

「ご両人、さような金子は要りまへんわ。わてら、明日にも柳生の庄から立ち退《の》き、室生寺に向かいますよってな」

「なに、さようなことが出来るというか」

座敷では両人が小声でなにか言い合っていたが康吉には聞き取れなかった。

「相分かった。だが、たしかに明朝、正木坂道場を出るな」

と念押しし、

「わての考えひとつですわ。よってお手前がたの懸念は消えました」

「……と隠居の又兵衛様が言い切られましたわ」

「さすがは京の老舗の隠居どの、よき判断かと存じます」

と空也が感心した。

その場をまた沈黙が支配し、欣也が、

「寂しゅうなります」

ぽつりと洩らした。

「欣也さんは柳生藩の家臣でしたね」

これまで入江欣也が柳生新陰流の門弟であるとは知っていたが、柳生藩一万石の大名の家臣であったかどうか話し合ったことはなかった。

「はい。定府《じょうふ》大名柳生藩一万石の中小姓《ちゅうごしょう》末席というのが入江家の職階です。なんとも貧しい家禄《かろく》ですよ。だから、なんとしても柳生新陰流を極めて江戸藩邸に出たいと頑張ってきたのです」

「江戸藩邸の奉公がお望みですか」

「正木坂陣屋より江戸藩邸のほうが家臣も多いと聞いています。拝領屋敷は木挽《こびき》町《ちょう》五丁目というところだそうです」

空也も康吉も同時に頷き、

「木挽橋《こびきばし》のあたりに柳生藩の定府屋敷があったかな」

と康吉が首を捻った。

空也も記憶がなかった。

「ともかく千代田のお城の近くですよ」

と康吉が言い添えた。

「欣也さん、江戸に出てくる折りにはぜひ神保小路の尚武館坂崎道場に立ち寄ってください。それがし、なんとしても来春までには江戸へ戻りとうございます」

「どなたかお待ちの娘御がおられますか、空也さん」

と康吉が訊き、思わず空也は頷いていた。

「武者修行の最初の地が薩摩ということはおふたりとも承知ですね。入国するための諍《いさか》いでそれがし半死半生で川内川に浮かんでおるところを薩摩鹿児島《かごしま》藩の重臣にして麓館と称する陣屋の主、渋谷家の隠居重兼《しげかね》様と孫娘の眉月様に助けられ、手厚い介護で命を取り留めました。その折りの」

「眉月様が江戸で空也さんの帰りをお待ちですか」

と入江欣也が問うて、空也が頷いた。

「そうか、空也さんも康吉さんも江戸に戻られるか。行きたいな、江戸へ」

と欣也が思わず洩らした。

若い三人が久しぶりに雑談を楽しんで正木坂道場に戻ることにした。すると庭にあったタテギの前に又兵衛や若い初心者門弟が集まっていた。

「なんぞございましたか」

と康吉が声をかけると、又兵衛が振り返り、

「空也さんや、これを見てご覧なされ」

と指さした。門弟衆が動くと、タテギ台が乱暴にもバラバラに破壊されているのが見えた。

「なんということか、だれがやった」

と中士の欣也が初心者門弟らに質した。すると門弟衆がただ顔を横に振った。

空也も康吉も察しはついていた。

「空也さん、康吉から聞きましたな。いい潮時です、いささか遅くなりましたが室生寺詣でに参りましょうかな」

「ご隠居、ならば柳生の殿様に別離の挨拶をしていきとうございます」

「そや、お世話になった方々にな、挨拶をしとこか」

とふたりが言い合うのを聞いていた欣也が、

「殿におふたりの願いを伝えてまいります」

と正木坂陣屋に小走りに向かった。


京の袋物問屋かつらぎの隠居又兵衛と空也は、柳生藩一万石の定府大名八代目柳生俊則と柳生新陰流の実質的な指導者柳生武大夫との対面を許され、両者の取次を為した入江欣也が最初の間だけ同席を許された。


もはや柳生新陰流の立場は両者が理解し合っているゆえに改めて語られることはなかった。

「隠居、どうだ、室生寺の帰りに柳生の庄に立ち寄らぬか」

「殿様は、いつまでこちらにご滞在でございますな」

「予《よ》が公儀にて許されたのは半年であった。正直、この状況でひと月後に江戸へ戻りたくはない。柳生藩の拠《よ》り所は、初代宗矩様以来、武と政のふたつの連携だ。江戸での政については、自分ながらなんとか公儀に微力を尽くしていると思うておる」

事実、俊則は明和《めいわ》六年（一七六九）以来、二度の日光山祭祀《にっこうさんさいし》奉行を務め、寛政八年（一七九六）には半蔵門《はんぞうもん》御門番と徳川家にとって大事な役職を勤めていた。

柳生家にとっては本来の武術の沈滞が大いなる差し障りであった。

「本日のことだ。なんと家斉様の御側御用取次速水左近様から早飛脚で書状を頂戴した。速水様は、坂崎空也、そなたの柳生の庄逗留を承知しておられたわ」

「さようでしたか。速水様は父の坂崎磐音と昵懇の間柄にございます。それがしもこの柳生の庄より文を神保小路の父に宛てて出したばかり、その文を読まれてのことでしょうか」

「そのようだ、空也の文を読んで予に書状を下された。そこには空也が世話になっておる礼とともに柳生新陰流の事を諸々案じておられた。そのうえで予に来春まで柳生陣屋に滞在し、得心のいくまで改革をなされ、上様からはいずれ御沙汰《ごさた》があるはずと付記されておった。空也、そなた、上様より拝領の修理亮盛光を腰に武者修行に出たそうな。われらは、それを知らずして非礼を働いた気がする。こたびの速水左近様の申し出、予は有難くお受けして、武大夫らとともに柳生新陰流の再興を目指す所存じゃ」

「それはようございました。それがし、いささか安堵して最後の武者修行に出立《しゅったつ》いたします」

「坂崎空也、なんぞ予がなすことがあるやなしや」

しばし考えた空也は俊則にひとつだけ願った。

俊則は即答で、

「承知した」

と空也の願いを聞き届けてくれた。

寛政十一年（一七九九）初冬、大和国柳生の庄でのことだった。

第三章　女人高野

一

翌朝、京の袋物問屋かつらぎの隠居又兵衛一行は、七つ半（午前五時）過ぎに柳生陣屋を出て女人高野として名高い宀一山《べんいちさん》室生寺に向かった。

同行者は姪のひさ子に手代の康吉、空也、そして、新たに柳生藩の中小姓末席の入江欣也が加わっていた。

昨日の藩主柳生俊則と又兵衛と空也の別れの対面で、空也が俊則の言葉を受けて欣也の室生寺への同行を願ったのだ。

俊則は、空也の願いを快く聞き届けてくれた。というのも俊則に宛てられた江戸の速水左近の書状が大きく左右していたからだ。

定府大名柳生藩八代目柳生俊則は、偶さか国許《くにもと》柳生の正木坂道場の改革を目指して柳生の庄に滞在していた。むろん公儀に申し入れて半年の期間許されていたのだ。

だが、二百年余の間、初代家康以来の、

「師範役」

に任じられてきた柳生新陰流の形骸化と衰微は、俊則の予測をはるかに超えていた。これまでそのことについて心ある剣術家から幾たびか指摘されてはいた。そのことを理解して国許入りしたのだが、俊則が江戸で考えていた以上に柳生新陰流は技量と力を失い、門弟衆の間のみに通じる稽古の日々を便々《べんべん》として過ごしていた。そのことを門弟衆の大半、特に上士組たちは察しておらず、全く大事とも痛痒《つうよう》とも感じていなかった。

偶さか又兵衛に連れられて柳生の庄を訪れた坂崎空也は、徳川幕府のなかで、

「政と武」

の象徴として知られる柳生新陰流の歴史と正木坂道場の威風に感じ入った。

されど何日か稽古を続けるうちに政治は江戸藩邸に任せた柳生新陰流正木坂道場の形骸化と衰弱を感じるようになった。武の向上を専一に剣術の本然の追求を

目指してきたはずの正木坂道場は、「将軍家師範役」の大看板に慢心して独善に陥っていることに気付かされた。

　他流の良きところを受け入れようとはせず、自分たちの固定した考えと二百年来の技術の繰り返し稽古に満足していたのだ。

　そのことを政治を追求する江戸定府の藩主俊則は他藩の者に教えられて気付き、柳生の庄に滞在して藩主自らが改革を主導しようと試みたが、柳生の庄の面々は、八代目俊則の面前では、

「殿、ごもっとも、ごもっとも」

と恐縮の体《てい》で応じたが、腹のなかでは江戸の藩主になにが分かると考え、稽古法を変えようともしなかった。

　そんな最中、坂崎空也が柳生の庄に姿を見せたのだ。そして、空也の滞在中になんと思いがけなくも徳川家斉の御側御用取次の速水左近から一通の書状が俊則に届いたのだ。

　速水左近は、父の磐音に宛てた空也の文で柳生新陰流道場に逗留中と知った。その折りのことだ。尚武館の客分小田平助に柳生の庄正木坂道場での扱いを聞かされ、徳川家の剣術師範役道場がなんたる対応かと思い、空也の柳生の庄滞在に

複雑な気持ちを抱いた。

そこで速水左近は、家斉の御側御用取次の役目を密かに果たすことにした。自らが把握している緻密にして膨大な情報に照らして柳生新陰流が陥っている情況を調べ上げた。家斉に報告する前に、国許柳生に滞在中の俊則に公儀の御用便で柳生新陰流の、

「早期で完全なる改革」

を改めて指示したのだ。

速水左近が佐々木玲圓の剣友として知られ、玲圓の後継者の坂崎磐音とも親密な交際をなしていることを定府大名の柳生俊則は承知していた、ゆえに空也が文で柳生新陰流正木坂道場での滞在を告げたことを大いに感謝し、藩士の入江欣也が空也とともに室生寺に詣でる旅をなすことを許したのだ。

「空也はん、二十日ほど柳生の庄に滞在しましたかいな。あれこれとありましたがな、空也はんの剣術と武者修行の体験が正木坂道場門弟衆の奮起のきっかけになるといいんやが」

と言い出した又兵衛もすでに藩主俊則がなにゆえ国許に滞在しているかその本意を知り、柳生新陰流の現況を気にかけていたのだ。

「俊則様自ら柳生新陰流の改革を主導しておられます。柳生武大夫様を始め、数は少のうございますが優秀な剣術家たちがおられます。必ずや『政と武』が合体した柳生新陰流の本来の武芸を取り戻すと信じています」

と空也が応じた。

「それがし、まさか空也さんの旅に加われるとは今もいっしょに歩いていて信じられません」

欣也が正木坂道場の話題から話を変えた。

「欣也どの、それがしの旅ではありません。又兵衛様の室生寺詣でにそれがしも欣也さんも加わっておるのです。一行の主はご隠居です」

「主がだれでもよろし、坂崎空也はんと入江欣也はんのふたりも若武者が従うてくれはったんや。これ以上、心強いことなしや」

と又兵衛が言い切った。

手代の康吉もふたりの同行者に安堵した表情を見せていた。

真冬の街道は実に穏やかな陽射しが降っていた。

「わて、空也はんに室生寺のことを宇治からの道中に話しましたかいな。室生寺の成り立ちですがな、修験者《しゅげんじゃ》の役小角《えんのおづぬ》と関わりがあると言わはるお人もおられますがな、わてはこっちやない説が好きなんや。空也はん、覚えてます」

「それがし、聞いたかどうかすら、柳生の庄逗留中に忘れたようです。いえ、いまも室生寺がどこにあるか、どのような寺かなにも存じません」

「それや、空也はん、あんたの生まれの紀伊の土地、なにやったかいな」

「高野山の麓内八葉外八葉の姥捨の郷ですか」

「そやそや、それや。空也はん、弘法大師空海《くうかい》様の御歌がありますんや、いいか、

『我が身をば高野の山にとどむとも　心は室生《むろ》に有り明けの月』

というお歌や。空海はんの高野山とこれから参る室生寺とは深い関わりがあるんどすわ。曰くはこんなこっちゃ。空海はんの遺言でな、唐《とう》の師の恵果《けいか》はんから授かった、天竺《てんじく》伝来の如意宝珠《にょいほうじゅ》を、室生山で修行した堅慧《けんね》はんに託しはってな、善如龍王《ぜんにょりゅうおう》の棲む精進峰に納めたそうや。空海はんの高野山は真言宗の大本《おおもと》や、そんで室生寺も真言宗というわけや。空也はん、およそ分かりはったかいな」

しばし沈黙して又兵衛の話を吟味していた空也が、

「大変失礼ながら、唐人の僧侶の名が出てくるところは理解したとはいえません。されど、弘法大師空海様の御歌に高野山と室生寺の縁がよく表れていて感動しました。」

『我が身をば高野の山にとどむとも　心は室生に有り明けの月』

でしたね。そうですか、われらがこれから参る室生寺は、それがしが生まれた内八葉外八葉の姥捨の郷と絆がございましたか」

「おや、空海はんの御歌のほうを覚えられましたか。室生寺に着けば、また違った感慨が生じますわ」

と又兵衛が応じた。すると欣也が、

「隠居どの、柳生から宇陀の室生寺まで幾日ほどかかりましょうな」

と質した。

柳生生まれの欣也は室生寺までの街道をよく知らぬようだった。

「そうどすなあ。山道を南に上ったり下ったりするだけや、さほどおへん。けど山道やで。あんたはんら、若い剣術家ならば一日で辿り着けるわ。けど年寄りには無理や、まあ、二日かな、三日とはかかりまへん」

と又兵衛が平然と答えた。

この年寄りが決めた道は、欣也によると、

「柳生からかえりばさ峠を越えて、忍辱山《にんにくせん》、石切《いしきり》峠を越えて春日山《かすがやま》を辿って奈良の都に出る道がこの今川《いまがわ》沿いの山道の南西に走る柳生街道です。それがし、この街道にて奈良の都に参ったことはたびたびあります。けどこちらの山道を辿ったことがあるかなしか。ともかくなにも覚えてません」

と危惧《きぐ》の言葉を告げた欣也が又兵衛を見た。

「覚えてのうてよろし、なにもありませんでな。この古道の鄙《ひな》びた感じがようございます」

隠居は平然としたものだ。

「馬を雇う郷もありませんか」

「空也はん、おまへん」

「隠居どのとひさ子さん、今川沿いの道を徒歩《かち》で宇陀まで参られますか」

「空也はん、前に言うたがな。わてら、山道でも一日に三里や四里なら歩けます。案じんでもよろし」

と又兵衛が平然と答えたものだ。

冬を迎えた山道に集落はなく色づいた柿の実を鳥《からす》が突く光景が一行を迎えてくれた。

「ああ」

と入江欣也が後ろを振り返り、

「遠くから馬蹄《ばてい》の音が響いてきます、空也さん」

「はい、四半刻（三十分）前からわれら一行を気にする輩《やから》がおります」

「山賊の類《たぐい》でしょうか」

欣也の表情が緊張した。

「入江様、この古道、旅人はほとんどおりませんね。山賊が出るとしたら一体山《いったいさん》の西の田原《たわら》を通る柳生街道です」

と手代の康吉も馬の足音を気にしている風はない。

空也は前夜、寝る前に又兵衛隠居から借りた大和路の手造りの地図で下調べしていた。およその道の様子は察していたが、長閑《のどか》というより辺鄙《へんぴ》で貧寒《ひんかん》としていた。

「馬は一頭やないな、三、四頭だぞ。何者であろうか」

一行のなかで入江欣也ひとりが近づいてくる馬を気にして幾たびも後ろを振り向き、ときに立ち止まって確かめていた。

「ご隠居、この山道の先はどうなっておりましょうな」

「小さな峠の先で月《つき》ヶ瀬《せ》からくる名張《なばり》道と交差しますが、だれぞが現れるとしたらその峠やろか」

相変わらず又兵衛は平然として空也の問いに応じたものだ。

「馬の気配が消えました。野良《のら》仕事に従う馬だったか」

と独り言を呟いた欣也が歩き出した。

水間《みま》なる数軒の百姓家の茅葺《かやぶ》き屋根が見える郷を通過して、さらに険しくて狭い山道に入った。

「空也はん、この分やと本日は馬場《ばば》まで行けそうや。今晩はその馬場で泊まりやな」

と又兵衛が言ったとき、馬蹄の音がふたたび後方から響いてきた。

曲がりくねった山道で人馬を見ることはなかった。相手方がこちらのことを承知しており、年寄りに娘連れの一行を不安に陥れようとしているのではないかと空也は考えた。そのことに気付いたか欣也も言った。

「空也さん、われらに用事の御仁であろうな」

「そのようですね」

とふたりが交わす問答に康吉が背に負った竹籠《たけかご》のなかの風呂敷包みを確かめた。

「だれです、空也さん」

「ご隠居に金子を乞うた門弟がおられましたな。どこぞの大名家の剣術師範どのとか。おそらくその御仁ではありませんか」

「ああ、柳本《やなぎもと》藩の具足《ぐそく》奉行にして剣術指南をお勤めの桂原達磨《かつらはらたつま》様です。まさか、桂原様は外様《とざま》大名家のご家来ですぞ、さようなことはありますまい」

「入江はん、桂原様とやらはもはや大名家の家臣ではおまへんわ。わてに金子を融通せよと命じられたとき、なんとのう、そう察しましたわ」

「柳生新陰流の古い門弟ですぞ、さようなことは」

と欣也が抗《あらが》う最中、四頭の馬が又兵衛一行に一気に迫ってきた。

「康吉さん、ひさ子さん、ご隠居といっしょにあの岩場の陰に身を屈めていてくだされ」

と空也が路傍の岩場を差した。

「欣也どの、刀は抜かずともようございます。康吉さんが携えた金剛杖《こんごうづえ》を借りて、万が一の場合、ご隠居一行を守ってください」

「桂原様ならば十年ほど前の柳生新陰流正木坂道場を代表する剣客ですぞ。いくらなんでも空也さんひとりで馬四頭、いえ四人を相手にされますか」

「欣也どの、それがしの申すことを聞いてくだされ」

と言ったとき、四組の人馬は空也がひとり立つ山道から十間ほど手前に止まった。どこで都合したか、武家方に飼育される馬だった。

「ああ、やっぱり桂原達磨様だ」

欣也が編み笠《がさ》を被《かぶ》った先頭の武士を見て、驚きの声を挙げた。

「入江欣也はん、そのお方はな、そなたはんが知る桂原はんとは別人やで」

と又兵衛が言った。

「いえ、それがし、幼い折りから見てきた桂原様でござる、隠居」

「違いますな。もはや柳本藩織田《おだ》家の家来ではおまへんわ。なんぞ不都合をしでかして藩から追い出された浪人やで」

又兵衛が推測を口にした。

その時、馬の四人が鞍から飛び降りた。一番最後の仲間が三頭の馬の手綱《たづな》を貰い受けた。この山道で馬は大事な交通手段だった。

又兵衛もまた路傍の岩場から立ち上がった。その前に康吉が隠居を守るように立ち塞がった。

「かつらぎの隠居、それがしの成り行きをよう承知ではないか。いかにもそれがし、織田家より追い出されたわ。浪々の身がこれほど辛《つら》いとは考えもしなかったぞ」

「やっぱりな。で、そなたはん、わてらになんの用事や」

と又兵衛が訊いた。

空也は桂原との問答は隠居に任せて桂原とふたりの仲間の挙動を観察した。

ともあれ敵は、馬の手綱を持つひとりを省く三人と見た。

桂原が仲間に選んだだけに剣術の腕はかなり立つようだ。

「隠居、そなたらには用はない。あるのは」

「坂崎空也様どすか、止《や》めときなはれ。空也はんの剣術に正木坂道場の門弟衆だれひとりとして太刀打ちできまへんでしたわ。聞かはったやろ、師範の柳生武大夫様と空也はんの『一夜勝負』のこと。浪々の貧乏侍三人が太刀打ちできるわけもおまへんで」

「若造に用がないこともない。じゃが、その前に又兵衛、そのほうが室生寺に携えていく金子に用があっての」

「呆れましたわ。まさか柳生の地で一時は『柳生新陰流正木坂道場に桂原達磨あり』とあまねく知られた御仁が強盗に堕ちはったんか」

「老人、もはや問答は飽きたわ。手代が背に負うた竹籠の風呂敷包みを大人しく渡せ。そのほうらの命は助けてやろう」

と桂原達磨が言い放った。

「貧すれば鈍しますな、かつての天才剣士は奈良外れの山道で強盗の真似やて、どないします、空也はん」

と又兵衛が空也を見た。

空也は、そのとき、腰の修理亮盛光を抜くと、無言で康吉に渡した。

「隠居どの、宇治のめし屋でそれがしに話しかけられた折り、室生寺に持参する大金を狙う者がいると察しておられたのではありませんか」

「さすがやな、江戸神保小路直心影流尚武館道場の跡継ぎ、坂崎空也はんや。剣術の腕前だけではおへんわ。勘もよろし」

「勘もよろし、ではございませんぞ、ご隠居」

「すんまへんな。まさか、宇治のさもないめし屋で武者修行中の若侍と会うとは京を出る折り、夢にも考えておりまへんどしたわ。いえな、その前に伏見《ふしみ》はんを過ぎた辺りでな、こりゃ、うちら三人だけで旅に出てくるんではなかったと後悔しましたんや」

「ほうほう、当代にお店を譲られてもなかなかの勘でござるな」

「空也はんに褒められたらかなわんな」

「桂原はん、あんたら、京からわてら三人をつけてきはったか」

と言った又兵衛が、
と視線を向けた。

「又兵衛、年寄りの旅はのう、かように危ない目に遭うようにできておるわ。われら、そなたがお店を出る折りからどこへ参るか、なんのために室生寺詣でをなすか、すべて知っておったわ。それにしても宇治のめし屋に立ち寄り、馬方ふたりと武者修行の青二才を供にするなど夢にも考えなかったわ。さらに驚いたのは、又兵衛、そなたが坂崎空也をわが柳生新陰流正木坂道場に連れていったことよ、魂消たぞ」

「私どもが柳生の庄にいた間、いくらなんでも元門弟のおまえ様は手を出せませんわな」

「出せぬのう。ときを見て、そのほうらが室生寺に行く日を待つしか策はなし。われら、あれこれと考えた末、坂崎空也の評判を知りて正木坂道場に戻った如く振舞い、又兵衛、そなたらを柳生の庄から追い出す策を企てた」

「五十両の無心はわてらを宇陀室生寺に追い立てる算段どしたか」

「いかにも、われら、京以来、手代の背にある五百金が狙いでのう」

「ほうほう、あれこれと策を弄しはったな」

「又兵衛、そなたほどではないわ。宀一山室生寺の京の信徒らが本堂大普請《おおぶしん》の五百両を供出することは、あの京のそなたの店界隈では知らぬ者はいないでな。もっともそのほうがさように勘がよいとは知らなかったわ」

「桂原はん、そのおまえはんの迂闊《うかつ》が命とりでおますで」

と言い切った又兵衛が空也を見た。

「それがし、なにやら又兵衛様ばかりか桂原どのにも都合よく使われているようですね」

「青二才、それがかような場を招いたのだ、覚悟せよ」

「承知いたしました」

と答えて、改めて薩摩剣法の木刀《ぼっと》を構え直した。

二

同日同じ頃合い。

高野《こうや》七口《ななくち》のひとつ、龍神口《りゅうじんくち》（大門《だいもん》）。

重富利次郎と霧子、一子力之助《りきのすけ》の一家と渋谷眉月の四人は、姥捨の郷の雑賀衆鷹次《たかじ》に案内されてもうひとつの高野街道と呼ばれる龍神街道を南に下ろうとしていた。

一行は背後の高野山・金剛峯寺《こんごうぶじ》を望み、しばしの別れを告げた。

それよりも幾日か前のことである。柳生の庄に滞在する坂崎空也から文を貰った霧子は、

「弟の空也が近江からの道中、宇治で知り合った京の老舗の隠居様の手引きで柳生新陰流の正木坂道場に滞在しているとあります。となるとそれなりの月日、柳生の庄で稽古に没頭されるのではありませんか」

と利次郎と眉月ふたりに文を渡した。

それほど長くもない文を読んだ利次郎が、

「それがし、姥捨の郷からさほど遠くはない地に柳生新陰流の創始の地があったことを忘れておったわ。そうか、武者修行を終えようと考えた空也どのは、柳生新陰流の創始者柳生石舟斎《せきしゆうさい》、その孫の柳生十兵衛様ら高名な剣術家所縁《ゆかり》の地を無視して姥捨の郷に戻るわけにはいくまいな」

と答え、眉月も、

「大和国柳生の庄と紀伊国姥捨の郷はそれほど離れてはいないのですね」

と夫婦に質した。

「眉月様、われら力之助連れでも三、四日で訪れることができましょうな」

「私ども、空也様の最後の修行を邪魔するわけには参りませんね」

と眉月がどう考えてよいか分からぬといった顔で利次郎と霧子夫婦を見た。

「ここはわれらの最後の我慢のときですぞ、姫」

と利次郎が眉月を慰めた。

「ならば姥捨の郷で待ちましょう」

と決断する眉月の言葉を、文を届けたままその場に残っていた鷹次が聞いて、

「そや、柳生の庄ならばわしの足ならば三日とかからんぞ」

と言い切った。

「もはや空也様が私どもの待つ姥捨の郷近くにおられるのです。楽しみに待ちましょう」

と眉月も自分を得心させた。すると鷹次が、

「利次郎さんよ、霧子さんよ、眉月姫を連れて姥捨の郷に入ってそれなりの月日が経ったな。どうだ、この際、力之助ちゃんを伴い、別の温泉地にでも行って気

分を変えないか」

と言い出した。

「あら、鷹次さんたら嬉《うれ》しいことを考えてくれたわね」

「霧子さん、これはな、年神《としがみ》様と三婆《さんばば》様方の知恵だよ。わしが案内《あない》するで、龍神街道の温泉寺《おんせんでら》に参り、龍神の湯に行かないか、気分が変わってよかろう」

「龍神の湯などそれがしは知らぬぞ」

「利次郎さんが逗留した折りは姥捨の湯で満足していたものね」

亭主の言葉に女房が応じていた。

「満足していたというより稽古でかいた汗を流すのが温泉と思うておったが、龍神の湯はそれほどの名湯か」

「おお、それよ。古《いにしえ》から湧《わ》き出ておる龍神の湯はな、紀州徳川家の領地にあるゆえ、代々の紀州徳川様の殿様が通う湯よ。和歌山藩では代々の殿様が龍神の湯に通うために日前宮《にちぜんぐう》、伊太祁曽《いたきそ》神社、野上八幡《のかみはちまん》、神野市場《こうのいちば》、さらには遠井辻《といつじ》、清水《しみず》、下湯川《しもゆかわ》、城《じよう》ヶ森山《もりやま》を越えて龍神温泉に至る道普請《みちぶしん》をなされたほどよ。そんなわけでな、龍神温泉には上御殿《かみごてん》、下御殿《しもごてん》と殿様や家来衆が泊まる御用達《ごようたし》の旅籠もあるぞ」

「鷹次さん、紀州徳川様のことまであれこれと承知ですね」

と眉月が感心した。

「へっへっへへ」

と笑った鷹次が、

「姫様な、昨晩、雑賀の年寄り連に『鷹次が道案内ならば』と、あれこれと教えられたほんの一部でな、あとは忘れてしまった。ともかくな、龍神温泉は、この界隈では名高き湯よ。おそらく婆様がたは、空也さんが姥捨の郷に姿を見せたら、かようにのんびりする機会もなかろうとな、考えたのだろうな」

姥捨の郷の主導者の年神様らの考えを受けた鷹次の提案に霧子が、

「私も龍神の湯なんて知らないわ。弟が柳生の庄で剣術稽古に精を出していることの際よ、私どもの気分を変えるのはいいわね」

と眉月と利次郎に問うた。

「江戸へ戻れば紀伊国の湯の郷に参ることなどありませんよね」

との眉月の言葉に、

「よし、決まった。案内方はわしが務める」

と鷹次が名乗り出て小さな湯治《とうじ》旅が決まったのだ。

姥捨の郷から高野街道で龍神口に着いた一行は、まず花園村《はなぞのむら》へと足を向けた。

この年、冬というのに雪が一度も降らないほど暖かい気候だった。二歳の力之助も婆様がたがこさえてくれた草鞋を履いて、ちょこちょこと歩いていく。

姥捨の郷は内八葉外八葉の山々に囲まれた静かな隠れ里で、それが高野七口のひとつ、龍神街道に出てみると、街道ぞいに旅籠や民家やお店が連なる賑やかな光景が力之助にとってうれしくてしようがないらしい。

利次郎と鷹次の男衆ふたりは、一行の食い物やら着替えやらをあれこれ詰め込んだ大きな竹籠を負っていた。

「久しぶりにわれらかような人込みと家並みを見たな。鷹次どの、龍神の湯まで何日とみればよいな」

「龍神口から龍神の湯のある温泉寺までおよそ十五、六里と聞いてきた。力之助ちゃんがおるが、三日もあれば辿り着こう」

と案内方の鷹次も姥捨の郷から出てきて、どこか嬉しそうだった。

「鷹次さん、そなた、龍神の湯に訪れたことがあるのだな」

との問いに、こんどはえへらえへらと笑った鷹次が、

「それがな、わしも久しぶりの龍神街道の温泉詣でよ。まあ、行けばなんぞ思い

出すわ。ともかく婆様がたに売り込んでな、案内方を務めることになったのだ。なあに、龍神街道は一本道よ、間違えることはなかろう」

と言った。

一行は昼前に最初の宿、湯川《ゆかわ》の辻《つじ》に辿り着いていた。

「鷹次さん、いささか時を要したな」

力之助の歩みを気にした父親が案内方を任じる鷹次に訊いた。

「利次郎さんがたも久しぶりの旅であろう。本日は、箕《みの》峠の登り口で泊まりかのう。そこまではいけぬか、となると新子《あたらし》泊まりか」

と鷹揚《おうよう》な返答だった。

しばらく休んだ一行はふたたび龍神街道を南下していった。龍神街道には時折り旅人がいるくらいで、

「ええ、天気やのう。どこへ行きはる」

「おれたちかえ、龍神温泉に湯治よ」

「おお、贅沢な旅どすな」

とのんびりとしたやり取りを交わして歩を進めた。

遠くに望む村落の手前には棚田があったが、むろん稲刈りは済んでいた。

「亭主どの、いささか気になりませぬか」

力之助の手を引いた霧子が言い出したのは、最後の旅人と別れて四半刻ほど過ぎたあたりか。

「おお、われらが子連れ、女連れで湯治旅と知って路銀でも奪おうと考えた輩かのう」

「そんなところでしょうか」

重富夫婦の問答は龍神街道と同じくらい長閑だった。その問答を鷹次が聞き、

「旅の始まりから厄介ごとか。利次郎師匠、どうしよう」

と尚武館姥捨道場の師範が質した。いや、師範と称しているのは鷹次だけで、鷹次が面倒を見ているのは雑賀衆の子供たちだけだ。

「おまえ様、力之助をお願い申します」

と尚武館坂崎道場の女密偵の霧子が力之助の手を亭主に渡し、

ふわり

と風が戦《そよ》いだときには野道に霧子の姿はなかった。

「えっ、霧子さん、どないしたんや」

「案ずることはない、鷹次さん」

と利次郎が応じたとき、棚田が接する雑木林から数人の人影が姿を見せた。

「あれ、龍神街道に追剝《おいは》ぎが出やがったか。五、六人おるぞ。どうしよう」

と鷹次が不安げな声を洩らし、

「利次郎様、力之助ちゃんをお預かりします」

と眉月が力之助の手を握った。

「まゆの手、やわらか」

力之助がうれしそうに言った。

「おお、それがしも霧子も手は武骨じゃのう。剣術家は致し方ないのだ、力之助」

「利次郎さんよ、そんなことはどうでもいいわ。追剝ぎをどうするよ」

「鷹次さん、まず、背中の竹籠を下ろしなされ」

「竹籠を下ろせだと、それでどうするよ」

「尚武館姥捨道場の師範にお任せしよう」

「な、なに、わしひとりで追剝ぎを追い払えというか」

「いや、叩きのめしてもそれがし、一向に差し支えぬ」

「ば、ばかを抜かせ。わしは、姥捨の郷の子供相手の師範やぞ。ひとりで七人も八人もの追剝ぎを叩きのめせるもんか」

「なに、師範どのは、ひとりではいかんか」

と言いながら、利次郎も背中の竹籠を路傍に下ろした。

「ならば、竹籠の陰で眉月姫と力之助を守ってもらおう」

と手にしていた金剛杖の素振《すぶ》りをした。

「そのほうら、龍神温泉に湯治じゃそうな」

浪々の剣術家くずれが一味の頭分《かしら》か、利次郎に訊いた。

「いかにもさよう。なんぞ用事か」

「うむ、女がひとりおらぬぞ、頭」

と仲間の浪人者が言った。

「おお、もうひとり女子《おなご》がおったな。どうした」

と利次郎に質した。

「おお、それがしの女房どのか。何年も前に身罷ったわ」

「なに、冗談はよせ」

「冗談ではない。で、なにか御用か」

「路銀と荷を置いて行け。娘もじゃ」

「ほうほう、やはり、そなたら、追剝ぎか。弘法大師空海様が創立された高野山金剛峯寺と、修験道《しゆげんどう》の根本《こんぽん》道場、熊野本宮《くまのほんぐう》を結ぶ街道じゃぞ。罰《ばち》あたりな真似はせぬことだ」

「抜かせ、死にたいのか」

「死にとうはないな。この子が未だ幼いでな」

「おい、時を稼いでも無駄じゃ、旅人は、仲間たちが追い返しておるでな」

「なに、他にも仲間がおるというか。無益な真似はせぬことだ」

「こやつ、つべこべと抗いおるぞ。叩き斬《き》って路銀を奪え」

と頭分が仲間に命じたとき、追剝ぎ仲間が脇差やら手槍《てやり》を翳《かざ》して利次郎に迫ってきた。

その瞬間、どこからともなく飛礫《つぶて》が飛んで、追剝ぎたちの顔にびしりびしりと当たった。悲鳴を上げた追剝ぎ一味は得物《えもの》を捨てて、両手で顔を押さえた。手の間から血が噴き出す者もいた。無傷で立っているのはたちまち浪人ふたりだけになった。

「おぬしら、どうするな。わが女房の飛礫はあんなものではないぞ。そなたらの眼を潰すことも厭《いと》わぬでな」

「おのれ」

と叫んだ頭分ともうひとりの浪人者が刀を抜き、利次郎に斬りかかっていった。

だが、江戸神保小路直心影流尚武館坂崎道場の師範代が手に持つ金剛杖でたちまちふたりの剣術家くずれの浪人を叩きのめした。

「く、くそっ」

と悲鳴を上げながら仲間を残してふたりが逃げ出した。

すると龍神街道の柿の太枝の上から霧子がぶらりとぶら下がって、ふわりと街道におりてきた。

「母うえ」

と力之助が叫びながら眉月の手を解《ほど》き、走り寄っていった。

「同じ尚武館道場の師範でもえらい違いやな」

と鷹次が情けない顔で言った。


柳生街道の山道。

龍神街道での一幕より二刻（四時間）以上も前の刻限。

坂崎空也と柳生新陰流の元門弟、かつて、

「柳生新陰流正木坂道場に桂原達磨あり」

として武名を誇った桂原が対峙していた。

桂原が選び連れてきたふたりの剣術家は、空也の揮う木刀の前にあっけなくも倒されて、馬の脚元に並んで伸びていた。

「坂崎空也、それがし、そのほうと互いに武士の魂の真剣での勝負を望む。薩摩っぽの木刀などと対決したくはない」

と言い放った。

空也はしばし考えた末に、

「桂原達磨どの、そなたのただ今の言動、武士の魂うんぬん、刀が武士の魂などとは笑止なり」

「抜かせ」

と桂原が喚《わめ》いた。

それに対して空也は平静の声音で、

「そなたの生き方、柳生藩藩主柳生俊則様にとっても、柳生新陰流正木坂道場にとっても悪しきことは明瞭なり。また剣術家として許し難《がた》き行いなり。されどそれがし、次なる理由にて、そなたの要望を聞き入れ、木刀を本身《ほんみ》に替えまする」

「家斉様から拝領した、備前長船派修理亮盛光《びぜんおさふね》が鍛えし一剣であるな」

と桂原が念押しした。

「いかにもさよう」

「その一剣、それがしが貰った」

「いえ、それがしが意を決して盛光を抜いた以上、桂原達磨どのの命これまで。よってそなた様が手にできるのは六文の三途《さんず》の川の渡し賃と守り刀の小さ刀のみ」

と言い放った空也が長剣の鯉口を切るために左手を添えた。

「居合術でこの柳生新陰流の達人に逆らうや」

桂原達磨は正眼に構えた。

先《せん》の先《せん》をとる企てと思えた。

草鞋の紐を緩《ゆる》めていた空也は素早く脱ぎ捨てて裸足になった。

「やはりそのほう、武士がなんたるか忘れておるわ」

と裸足の空也を見下《みくだ》して桂原が言った。

両人の対峙を又兵衛隠居、ひさ子、康吉、入江欣也の四人が、それと馬四頭の手綱を引いた桂原の配下のひとりが不安げな顔で凝視していた。仲間のふたりはぴくりとも動かない。

不意に空也がするすると下がった。

空也は小さな峠道の坂上にいた。そんな野道をとくと承知のように後退して間合いを開けた。

桂原より高みに立った空也が初めて盛光を抜いた。

長剣を右蜻蛉に構えた。

なんとも大きな構えだった。

「おおー」

と剣術好きの又兵衛老人が思わず呻いた。

「おのれ、薩摩剣法で柳生新陰流剣術に抗うというか」

と叫んだ桂原が間合いを詰めようとした。

そのとき、薬丸新蔵から教わった野太刀流の掛かりの構えをとるや右蜻蛉の構えそのままに、親指、人さし指、中指の爪先三本で、柳生街道の地面を捉えると走り出した。

桂原達磨は動きを止めた。

間合いが一気に縮まった。

両者の間合いが二間半に迫ったとき、
きええっ
という見物者の腹に響く雄叫《おたけ》びが柳生街道を支配した。次の瞬間、空也の体が虚空高々にあった。

「なにくそ、ござんなれ」

と桂原達磨は正眼の剣を頭上に差し上げた。

その刹那《せつな》、圧倒的な風圧が桂原の頑健な五体を包み込み、修理亮盛光が対戦者の脳天を深々と断ち割っていた。

そより
と空也の裸足が柳生街道の地面を捉えた時、勝負は決していた。

無言裡《り》に一行は小さな峠を目指して歩き出した。

どれほど時が経過したか、

「空也はん、こたびの勝負、そなたはんの十番勝負に加わりますかいな」

と又兵衛老人が低い声で質した。

「隠居どの、それがし、これまで九番勝負を戦いましたが、追剝ぎをなす剣術家をそれがしの十番勝負に加えることはございません」

と空也が言い切った。

三

重富一家三人と眉月姫一行の案内方を務めてきた姥捨の郷雑賀衆の鷹次が、

「ほれ、温泉寺の山門が見えてきましたぞ」

と告げた。

高野信仰と熊野信仰が混在する祈りの道、龍神街道の中ほどにある龍神温泉に着いたことを大声で知らせる鷹次の声音には、無事に一行を目的の地に案内できた安堵の想いが籠められていた。

旅の二日目、高野山金剛峯寺の堂舎《どうしや》に供える樒《しきみ》を一手に引き受けてきた花園村を経て、街道脇に聳《そび》える護摩《ごま》壇山《だんざん》を横目に龍神温泉に辿り着いたのだ。一行は温泉寺の山門前で旅の無事を感謝して合掌した。

「ほれ、日《ひ》高川《だかがわ》の流れの傍に上御殿が見えますな」

鷹次の声が晴れ晴れとしていた。

「うむ、ここがわれらの湯治場か。それがし、この龍神温泉を承知しておるぞ。

辰平《たっぺい》とふたりして姥捨の郷を訪ねてこの界隈をうろついておる折り、あれは、二十年も前かのう、山の上からこの日高川のせせらぎを聞いて湯けむりを見たのだ」

「なんと、さようなことが」

と鷹次が驚きの声を上げた。

「鷹次、そなたのことをあれこれいう資格はなしじゃ」

と利次郎が告白すると、

「おまえ様、思い出しました。私もふたりの若侍が隠れ里の姥捨のことを聞き回っているというので、弥助師匠と手分けして東高野街道、西高野街道、そして、中高野街道を捜し回っている最中、龍神村の丹生《にう》神社に辿り着き、本堂の床下で一夜を過ごしたことがありました。明け方、龍神温泉を濃い朝靄《あさもや》が覆っておりまして、とある旅籠の前で会った老婆に話を聞くと、なんとふたりの若侍がその旅籠に泊まり、互いを利次郎、辰平と呼び合っていたと聞き、ようやく正体が分かりました。驚いたことに私どもが探すふたりは敵方ではなく、味方の両人と知ったのです」

「おお、さようなことがあったたな。あの折り、福岡《ふくおか》城下にいた松平《まつだいら》辰平が、わしが親父に連れられて戻っていた国許、高知《こうち》城下に訪ねてきて、われらふたりで話し合い、磐音様とおこん様が田沼一派に江戸を追われて密かに暮らしておられた姥捨の郷を探して合流しようとしていたのだ。そうよ、安永《あんえい》八年（一七七九）のことであったか、この龍神温泉を訪ねておったわ。二十年も昔ゆえ、鷹次に紀州藩の殿様が泊まられる温泉と聞いても思い出せなかったのだ」

「なんと利次郎さんも霧子さんも龍神温泉を承知やったか。ほれ、あそこの立派な二階建てが紀州の代々の殿様が泊まられる上御殿やぞ」

鷹次が紀州初代藩主徳川頼宣《よりのぶ》以来の宿坊上御殿へと案内していった。すると番頭と思しき紋付羽織袴《はかま》姿の男衆が、

「和歌山藩の御家臣がたですか」

と尋ねてきた。

「わしらかいな、違うちがう。高野山の麓から湯治にきた者やで、上御殿に泊まれるかいな。行きつけの宿は下御殿のそばの安直な旅籠や」

と鷹次がばか正直に応じた。

「ほうほう、お姫さんにお子連れやがな、木賃宿《きちんやど》どすか。お武家はん、どちらのご家来衆や。わては上御殿の大番頭どす」

とこんどは利次郎に関心を向けた。

「それがし、江戸の尚武館坂崎道場の門弟にして豊後関前藩江戸藩邸に奉公しておる。大番頭どの、われら、高野山の麓の郷にて人を待っておったのだが未だ到着される様子がないでな、かように龍神温泉に湯治に寄せてもろうた」

「おや、江戸とはまた遠い地から紀伊国まで参られましたな。ただ今は和歌山の殿様はお見えになってまへんわ。どうどす、御成《おなり》の間を見物していかれますか」

利次郎が身分を名乗ったせいで、大番頭が誘った。

「なに、紀州公の御成の間に入れるか」

と鷹次が質し、

「いえね、中間《ちゅうげん》はん、龍神温泉の旅籠のなかでも上御殿の御成の間は別棟どすわ。そのお玄関先ならば見物できます」

「なに、玄関な」

と利次郎が首を傾《かし》げた。

「おまえ様、紀州公代々の湯治場の上御殿など、玄関先であっても滅多に拝見することはございますまい」

と言った霧子が、

「眉月姫、どうでしょう」

と眉月に振った。

「霧子さんのお考えに賛成です。江戸への土産話《みやげばなし》にぜひとも見物させてもらいとうございます」

と眉月が応じて大番頭に利次郎が願った。

上御殿の奥、別棟に案内しながら、

「女衆は話が早いわ、こちらのお姫様も江戸からどすか」

と利次郎に質した。

「おお、眉月姫様か、こちらは西国薩摩の重臣のお姫様でな、江戸藩邸に住まいしておられる」

「ほうほう、薩摩藩のご重臣の姫様どすか。ぜひな、紀州の殿様の湯治宿を見物していっておくれやす」

年の瀬正月を前に上御殿は客が少ないのか番頭はえらく饒舌《じょうぜつ》で愛想がよかった。

一行は式台付きの御玄関を拝見した。

「立派」

としかいいようがない造りでかような玄関先にお乗り物を乗り付ける身分の主

は、一行では辛うじて眉月くらいだろう。

一方、鷹次が姥捨の郷の年神様から口利きされた宿は表まで夕餉のにおいがしてくるような、日高川を望む気軽な宿だった。

「ああ、よかったな。上御殿に泊まれと言われたらどうしようかと宿代を気にしたぞ」

利次郎が正直な気持ちを洩らした。

「私もこちらが気楽でようございます。宿で煮炊きもできるのですよね」

と霧子が関心を示した。

「宿の膳に飽きたら、私どもも姥捨の郷の御客家のようにお鍋《なべ》料理をつくりましょうか」

「眉月姫、それはいいな」

利次郎も湯治宿のあちらこちらから漂ってくる煮炊きするにおいをくんくん嗅《か》いで、

「それにしてもわれら一家、紀州公の湯治宿の傍らに泊まるなど生涯初めてのことだな。眉月姫は薩摩でかような経験はあろうな」

と質した。

「祖父上の麓館に滞在しておりました折りは、あちらこちらの湯宿に参りました。そうだわ、空也様も鹿児島城下へ旅した折り、それなりに立派な温泉宿に泊まりましたよ。今ごろ、空也様はどうしておられましょうか」

と眉月が話の成り行きから空也の身を案じた。

「眉月様、私どもが湯治を終えて姥捨の郷に戻るころ、弟もあちらに姿を見せるのではないでしょうか」

と霧子が応じた。

「うーん、空也どのは柳生新陰流の創始の地、正木坂道場に逗留しておるのだぞ。年の内は柳生の庄で稽古に明け暮れておられるのではないか。何しろ徳川家康様以来の将軍歴代の師範方だ。むろん神保小路の尚武館坂崎道場も官許と称して当代家斉様を道場にお迎えしたことがあるが、柳生新陰流は二百年余の徳川家との付き合いがあるでな、うちなどより門弟の数も何倍も多いと聞いたことがある。それはともかくとして、正月明けには柳生の庄を離れ、生まれ故郷姥捨の郷に戻ってこられるのではないかのう」

と空也の行動を尚武館の門弟として兄貴分の利次郎が推量した。

そんな頃合い、空也は、京の袋物問屋の隠居又兵衛と姪のひさ子、手代の康吉、それに入江欣也とともに、興福寺《こうふくじ》僧賢璟《そうけんけい》を開基とし、弟子の修円《しゅうえん》が天応《てんおう》元年（七八一）から延暦《えんりやく》二年（七八三）にかけて室生寺を建立《こんりゅう》したといわれる地に立っていた。

室生川に架《か》かる大橋（太鼓橋《たいこばし》）を渡ると護摩堂《ごまどう》の表門が見えた。

室生寺の室生の語源は、神聖な地を意味する「ムロ」であり、神の鎮《しず》まる場所として古くから信仰や伝説を培ってきたのだ。とりわけこの地に深く根付く「水神信仰」が室生寺の荘厳な雰囲気を創っていた。ちなみに室生川の水源は、伊勢《いせ》の名張川《なばりがわ》、山城の木津川、摂津《せっつ》の淀川《よどがわ》などと同じであり、水量が多かったことから「水神信仰」が生まれるにふさわしい地であった。

室生川に架かる大橋ひとつ渡っただけで一変した寺領の厳粛整然とした佇《たたず》まいに、空也は思わず身が引き締まった。

「空也はん、あんたはんの生地に所縁《ゆかり》の弘法大師様が修行なされた室生山どすがな」

と説明する又兵衛の言葉つきも心なしか厳しかった。

深山幽谷《しんざんゆうこく》、杉の巨木に囲まれた室生寺の山を仰ぎ見た瞬間、空也は即座に、

（この地で修行しよう）

と決意した。

「空也さん、おかげさんでな、京の信徒衆の間で募った五百両の金子を室生寺さんまで無事に届けられましたわ。宇治のめし屋で出会《でお》うて以来、長い旅でございましたな」

又兵衛の言葉にはほっと安堵した声音があった。

「室生寺の本堂の悉地院灌頂堂《しっちいんかんじょうどう》の修繕を新春から始められるそうや」

「それがしもご隠居の手助けがいささかでも出来たことを感謝しております。ご隠居、そこで少し相談がございます」

「なんでっしゃろ」

「それがし、後ろの橋を渡った途端、室生寺の荘厳な威光に身の引き締まる思いに包まれました。この室生寺で独り修行がしとうございます」

と言い切った。

「おお、それはよき判断かと思いますわ。わても案内してきた甲斐《かい》があったというもんや」

「独り修行に入るといつ終わるか、見当がつきませぬ。ご隠居は帰りもまた柳生の庄に立ち寄られますか」

「いえ、わてらは真っすぐ京に帰ります。帰り道ならば空也はん、案じんでよろし。わてらはよう承知の安全な街道を選びますでな」

と又兵衛が空也の心配を察して言った。

空也は入江欣也を見た。

「それがしが京まで同行します」

と欣也が即答した。入江欣也はこの旅で空也を見倣《みなら》ったか気遣いの人に成長していた。

「助かります」

と答えた空也に欣也が質した。

「空也さん、これでわれらはお別れですか」

「いえ、来春江戸にてお会いしましょう」

「それがし、武家奉公の身です。江戸へいつ行けますやら分かりません」

「欣也どの、ご隠居一行を京に送られたら柳生に戻り、陣屋でこたびの旅を藩主の柳生俊則様に報告なされ。殿が江戸へ上府《じょうふ》される折り、中小姓末席の最後の二文字がとれた中小姓どのが柳生藩の行列に加わっておりましょう」

空也の言葉をしばし沈思していた欣也が問うた。

「それがし、江戸藩邸奉公が決まったと考えてよろしいのですか、空也さん」

首肯した空也が欣也に質した。

「いやですか」

「とんでもない。そうか、柳生の庄を離れる折り、こたびの旅の同行とともに江戸藩邸奉公を空也さんが殿に願ってくれましたか。有難うござる。江戸で空也どのと再会しましょう」

と喜びを嚙みしめた欣也に笑顔で答えた空也が、

「ご隠居一行の帰路、欣也どのに同行をお願い申します」

と改めて願うと、

「畏まって候」

と満面の笑みで欣也が答えた。

「空也はん、気遣いあれこれとしてもろうて感謝やがな」

と礼を述べた又兵衛が、

「ええな、室生山は女人高野の寺として世間に知れ渡っていますがな、なぜ女人高野なのか、室生山は女衆でも歩ける山とか、真言密教の曼陀羅《まんだら》の世界に通じておるとか、高野山に山並みが似ておるとか、あれこれと申されるお方がございます。わてはその曰くは存じません。空也はん、室生山は空海上人が修行した山どす、なかなかの山どすえ。よろしいか、室生山の奥之院《おくのいん》御影堂《みえどう》を独り修行の拠点としなされ。わてがな、室生寺の和佐又修光座主に、坂崎空也はんのことはとくとお願いしておきますわ。奥之院にな、時折り、食い物を届ける手配をしておきますでな、なんぞあれば、座主のお使いの坊さんに相談しなはれ」

「ご隠居、江戸へ出て参られる予定はございませんか」

「若い入江はんとは違いますわ。わては老齢《とし》だす。もはや江戸までの長旅は無理だっしゃろな」

　と寂しげに又兵衛が答えたものだ。

　そんな又兵衛を手代の康吉がじっと見ていた。

「康吉どのが江戸へ戻る折り、ご隠居を伴って参られませんか」

「おお、その手がおましたな」

　と又兵衛が元気づいた。

「空也さん、楽しい旅でございました」

「康吉さん、それがしもです」

と言った空也が最後にひさ子を見た。

「お別れどすな、武蔵坊弁慶《むさしぼうべんけい》はん」

と無口なひさ子が思いがけないことを口にした。

「なんと」

空也は不意打ちをよけ切れないで脳天に一撃を食らったように立ち竦んだ。

「はい、うち、空也はんの祇園感神院《ぎおんかんしんいん》の西ノ御門の『牛若丸《うしわかまる》と武蔵坊弁慶』の大芝居を見せてもろうたひとりどす」

「うぅーん」

と空也は唸った。

「ひさ子、どういうこっちゃ」

と又兵衛が姪に詰問した。

「じい様は読売で騒がれた、祇園はんの西ノ御門で舞妓《まいこ》の桜子《さくらこ》はんとこの空也はんが牛若丸と武蔵坊弁慶に扮《ふん》して演じたお芝居の話を覚えておまへんか」

「待っておくれやす。たしかに読売で騒いだことがあったな。わては、あのころ、室生寺はんの普請の金集めで走り回っていたがな、なんでも祇園社の氏子衆《うじこしゅう》がえらい芝居を仕掛けたと評判やったが、なに、武蔵坊弁慶役がこの御仁、坂崎空也はんか」

「さようどす」

「武者修行者というゆえ、堅物《かたぶつ》とばかり思うておったが、なんとこの若い衆、舞妓相手に芝居をな」

「じい様は素人《しろうと》芝居やと思われたんと違います。舞妓の桜子はんも達者どしたが、なんとも凄いのんは弁慶役の空也はんや、はまり役どしたえ。三日間の最後の宵、何万もの見物衆が四条通に密集して祇園はんの神輿《みこし》まで出て、そりゃ、大芝居やったわ」

又兵衛が空也を凝視し、なにも応じない空也から康吉に視線を移した。

「康吉、おまえはんも芝居を見たんかえ」

「ご隠居、わては江戸からの見習い修業、ただ今はかつらぎの手代どす。とても芝居見物などはでけしまへん」

と江戸から商い修業に来ている康吉が言い切った。

「そやろな」

「ご隠居、けど、わて、柳生の庄で会った折りから空也はんが京で大騒ぎになった『牛若丸と武蔵坊弁慶』の弁慶はんと承知しておりました」

「なんや、おまはんもこのことを承知かいな」

「ご隠居、あのことがこたびの室生寺修行に差し障りがあるならば、そう申してくだされ。それがし、このまま室生の地を離れます」

と空也が願い出て、

「迷うてます」

と又兵衛が正直な気持ちを告げた。

空也が返事をしようとしたとき、

「じい様、うち、さような話とは違《ちご》うて、空也はんにあの大芝居を見たことをただ告げたかっただけどす。じい様、舞妓の桜子はんも相手をした坂崎空也はんもほんまに大した役者はんどした。このおふたりにしかできへん『牛若丸と武蔵坊弁慶』どした。あれほど祇園はんの氏子はんがたを感動させ、万余の見物衆を沸かせたお方が、本業の修行を室生山でできへんなんておかしゅうおす」

とひさ子が強い口調で言い切った。

「ご隠居、わてもひさ子はんと同じ考えどす。柳生の庄で会うた空也はんは決して浮わついたお方と違いました。あの柳生の庄で祇園はんの芝居など知らぬげに剣術修行者として淡々と過ごされておりました。ゆえにわても、この空也はんは、京の祇園はんで大芝居を演じはったお方とは別人やと思うて、お付き合いさせてもろうたんどす」

康吉も修業中の京言葉で言った。

「ひさ子も康吉も知らぬ振りして空也はんに付き合うてきたといいなさるか。最後の最後にこの年寄りが余計なことをなすこともおまへんな」

と又兵衛が言った。

赤門を前に京の芝居話をなす四人を、茫然自失して見ていた入江欣也だったが、

「空也さん、真《まこと》にさようなお芝居を京の四条通を前に演じられたのですか」

ととうとう口を挟んだ。

「欣也どの、遠い昔のことのように思えます。それがしがさようなことを為したかどうかさえ忘れておりました」

「なんといえばいいのですか」

「欣也さん、武者修行の四年半は短いようで長い歳月でございます。薩摩入国は大昔のようです。武者修行とは、人と人との出会いです、ふだんの暮らしと異なり、かような機会に巡り合うこともあります。そのことを為すかなさぬかは当人の気持ち次第。祇園感神院の西ノ御門で桜子さんと演じた戦いは、それがしの数

「えっ、空也さんはお芝居まで武者修行の尋常勝負に加えますか」

「康吉さん、そう考えて京の三日間、桜子さんの相手をさせてもらいました。それがしの素人芸を引っ張ってくれたのは、明らかに舞妓の桜子さんでございました。あの芝居、対等の芝居ではありません。桜子さんの教えでそれがしの武蔵坊弁慶がなんとか様《さま》になったのです。そう思いませんか、ひさ子さん、康吉どの」

空也の言葉を聞いた隠居の又兵衛が、

「ふわっふわっはは」

と大笑いした。

「差し詰めひさ子が最後に持ち出した別れの言葉によって、空也はん、あんたはんがこの年寄りに世のなかの理《ことわり》を教えてくれはったということやな。室生山がそなたになにを教えてくれるか、康吉の江戸戻りの折りにいっしょして、尚武館で話がしとうございますな」

「ご隠居、ぜひ江戸へおいでくだされ」

「又兵衛様、それがしも空也さんのお蔭《かげ》で、江戸藩邸奉公が決まりました。この面々で江戸にてふたたび会いとうございます」

と欣也が言った。するとひさ子が、

「じい様の江戸行の旅にはうちもいっしょしますえ」

と言い添えた。

「どなた様も江戸は神保小路直心影流坂崎道場でお待ちしております。その前に」

「空也はん、武者修行の真の地はどこどす」

しばし間を置いた空也が、

「大台《おおだい》ヶ原《はら》と決めており申す」

と洩らした。

「紀伊山地でいちばん険しい山やがな。空也はんらしいところやで」

と言葉を切った又兵衛が、

「その前に室生山が待ち受けておます」

「いかにもさよう。ご一統様、しばしの別れにございます」

と空也が木刀を携えて改めて別れの挨拶をすると、

「行きなはれ」

と又兵衛が応じて空也の長身が赤門の向こうへと消え、

「未だ二十歳、大きな剣術家になりなはれ」

と隠居が叫んだ。

四

高野山の麓、内八葉外八葉の山々に囲まれた雑賀衆の隠れ里に時折り、京や和歌山や岸和田《きしわだ》辺りから物売りが入ってきて広場に座って客がくるのを待った。昔から、隠れ里の姥捨の郷に他所《よそ》からの物売りなどはとても入れなかった。だが、近年、姥捨の郷の中心の大きな広場に露店を出すことは許されていた。むろんさような物売りは、元々雑賀衆の一族で、ただ今は京や大坂で地道に商いをしている者に限られていた。

この日、露店を出した物売りは、幟《のぼり》に、

「富山《とやま》の腹薬快々丸」

と掲げていた。

これまで出入りしていた薬売りたちは正月前になると紙風船のほかに七福神の凧《たこ》をくじ引きでくれたりしていた。

このおまけ目当てに雑賀衆の子供たちがまず薬売りを囲んだ。

「おっちゃん、初めての薬売りと違うか」

と子供のなかでも年少組のもらしの三吉《さんきち》が質した。もらしの異名は未だ時折寝小便をするからだ。薬売りの前に集まったのは、娘を除いて大半が尚武館姥捨道場の年少組の門弟たち、つまりは湯治の案内方を勤めている鷹次の弟子だった。

「おお、わしか、初めての姥捨入りや。わしの叔父貴《おじき》がこの郷の出の薬売りじゃ」

「前の薬売りはどないしたん」

「仙造《せんぞう》か、ふいにおっ死《ち》んだわ、京の朝方の寒さに心臓《しんのぞう》が止まったんや。そんでな、急に甥《おい》のわいに後がまが回ってきたんや。担いできた薬箱も仙造が長年使ってきたもんやろが」

「おお、仙造じいの薬箱や、八坂《やさか》の五重塔が描いたるがな」

「そういうことや。お父つぁんやおっ母《か》さんにな、仙造の後がまの薬売りが来たというてくれんか」

「わいらに紙風船と凧をくれんかい」

「小僧はん、無茶いうたらあかんがな、紙風船かておっ母さんが薬を買《こ》うてくれたときに配るんやがな」

「じいちゃん、名はなんやー」

ともらしの三吉より大きな一三六《いさむ》が質した。一三六は、尚武館姥捨道場の年少組最年長の十三歳だ。

「わしか、千代丸《ちよまる》や」

「あんな、姥捨の人間はな、薬草をせんじて飲むがな。薬代、いらんがな。薬売れへんでも、ひとのいい仙造じいはだれにでも紙風船はくれたぞ」

「そいじゃ、儲けにならんがな。よし、初めての姥捨入りや。紙風船、がきども、もってさらせ」

と言った千代丸が集まった十数人の子供たちに紙風船を配った。

「凧はどないするんや」

娘のおなみが千代丸に質した。

「凧はな、銭《ぜぜ》もった大人たちが集まったらくじ引きしたるがな」

「やっぱり、くじ引きかいな」

「姉ちゃん、ただのくじ引きと違うがな。いいか、この竹籠のなかに雀《すずめ》が二羽入っとるやろ、雀のくじ引きやで」

「雀がくじ引きするんやて。もらしの三吉、知っとるか」

「わいはしらんな。一三六はどや」

「わしもしらんな」

と子供たちが薬売りの前から消えた。

薬売りの千代丸は、実は剣術家佐伯彦次郎の小者にして愛鷹千代丸《あいようちよまる》を使って巧妙な鷹狩りをなす伴作《ばんさく》老だ。

伴作はひと月以上も前から姥捨の郷の周辺を注意深く観察し続けていた。ゆえにこの郷育ちの霧子が十六年ぶりに亭主の重富利次郎と一子の力之助、さらには、ふたりから眉月様とか眉月姫と呼ばれる妙齢の娘を伴い、この隠れ里に逗留していることを承知していた。

あるとき、郷人の話が風の噂に聞こえてきて、どうやら、眉月姫は、佐伯彦次郎が真剣勝負を望む坂崎空也の「想い女《びと》」であり、空也もまた眉月の「想われ人」であることが察せられた。

そんな江戸の子供連れの一行が片道二日から三日はかかる龍神温泉に湯治にいったということから、坂崎空也は必ずやこの姥捨の郷に立ち寄る、だが、その時節は近々ではないことが推量できた。

数日前、夕方の尚武館姥捨道場の雑賀衆の稽古を細心の注意で眺めていると、

「空也様は、柳生新陰流の正木坂道場にどれほど逗留かのう」

「年の瀬まではかたいと見たがな」

との問答が聞こえてきた。

この問答を伴作が聞いた二日後、江戸の直心影流尚武館坂崎道場の師範代一家と眉月姫が湯治に出たのだ。

伴作は、泉州堺《せんしゆうさかい》に逗留する彦次郎に向けてその旨を飛脚便にて知らせるとともに、姥捨の郷に立ち入る手筈《てはず》を整えた。

伴作は前々から姥捨の郷に定期的に入る物売りに、それも伴作と歳の近い京の薬問屋の仙造に眼をつけていた。そこで伴作は薬問屋気付で薬売り仙造に、いつもより半月ほど早い日に姥捨入りしてほしいと年神様の名を騙《かた》って願っていた。

仙造は文を信じて京を発ち、紀ノ川沿いの交通の要衝橋本宿《ようしようはしもと》から姥捨の郷に向かった。一方、高野街道に待ち受けていた伴作は、往来の人がいないのを確かめ、仙造を出会い頭《がしら》に刺殺した。仙造の骸《むくろ》を街道沿いの古井戸に投げ込み、荷物をすべて奪うと、江戸の一行が湯治の旅に出た二日後に姥捨入りしたのだった。

「おい、仙造さんが心臓の発作で死んだというのはまことかえ」

と不意に雑賀衆の当代の頭分、丹《たん》掘りの名人、由之助《よしのすけ》に問われた。

「へ、へえ。ほんとうのことどす」

「で、甥っ子のおめえさんが姥捨入りしたわけか」

「へえ、仙造の跡継ぎや、うちもこの雑賀衆の血がながれてますえ、なんぞ不都合がおますかな、お頭」

「ようもわしが雑賀衆の頭と分かったな」

「名は知りまへん。けど、頭分がどなたか推量はつきますがな。わて、間違うてましたか」

「丹掘りの由之助が頭分であることに間違いはねえ」

「ほらね、当たってますがな」

「ところでおまえさん、年神様に薬売り交代の許しは受けたか」

「えっ、さような習わしがありますので。なにしろ、仙造叔父の死んだんは、ふいどしたわ、さような習わしを聞く暇もおまへん。これから、年神様に会ってまいります。お頭、わての荷を見ていてくれまへんか」

と言い残し、年神様の屋敷に向かった。

由之助は、千代丸の姿が広場から消えたあと、薬箱の荷を調べた。薬箱の中身の薬は別にして、千代丸の私物らしい衣類や数珠《じゅず》などが入っていた。

「うーん、あやつのいうとおり仙造は身罷ったかな」

由之助は急ぎ薬箱を元どおりにした。

それから、四半刻後、千代丸が広場に戻ってきた。

「お頭、えろう待たせましたな、すんまへん」

「年神様から許しを得たか」

「へえ、仙造はよう務めはった。あんたもよう働きやと申されましてな、姥捨の郷での商いするにはなにが一番大事やと聞かれましたがな」

「で、千代丸はんは、なんと答えたんや」

由之助が初めて名に敬称をつけて呼んだ。

「へえ、商い専一どす。郷に関しては見て見ぬふりをすることも大事かと思うと答えました。お頭、これでよかったかいな」

と千代丸が言い、由之助が、

「よう、分かっとるがな」

と言って、千代丸の初めての商いが始まった。

夕暮れどき、商いを終えて姥捨の郷を離れる千代丸こと伴作は、空也がやはり柳生の庄に滞在していることを確信した。そしていつまで柳生新陰流正木坂道場に逗留して修行するか、坂崎空也自らも定かでないことなど、およその情報も手に入れていた。

泉州堺。彦次郎は鷹の千代丸と滞在していた。

伴作が姥捨の郷から主のもとへ戻り、隠れ里の様子をこと細かに報告し、

「若、柳生の庄に行って坂崎空也と相まみえるか」

と質した。

「伴作、それがしがこれまでなぜ数多の門弟がおる柳生新陰流正木坂道場を訪ねようとしなかったか分かるか」

「柳生新陰流は将軍家の師範方を二百年前からやっておるわ。日本一の道場やそうな。いくら若でも厄介にならんよう避けたのではないか」

彦次郎が唯一の忠義の供の考えを否定したせせら笑いを見せた。

「伴作、二百年前から徳川家師範と他の流派を睥睨《へいげい》してきた柳生新陰流は、必ずや柳生石舟斎様や柳生十兵衛様のころからの習わしに拘る剣術に堕しておろう。坂崎空也も必ずやそのことを見抜く、もはや柳生の庄にはおるまい」

と彦次郎が言い切った。そして、

「眉月姫なる娘が空也の戻るのを姥捨の郷で待っておるか」

とこちらに関心を示した。

「おお、なんとも愛らしい姫様やぞ」

「武者修行者の空也にさような女子がいたか、どこで知り合うたか知らんが武者修行に出た当初はさような相手はいなかったはず」

彦次郎は自らの武者修行の厳しい日々に照らして訝しく思った。

「どうするな、若」

「それがしは泉州堺にて坂崎空也が姥捨の郷に戻るのを千代丸とともに待つ。伴作、そのほうは念のためじゃ、柳生の庄を確かめてこよ」

との命《めい》に頷いた伴作が、

「若、金子は大丈夫か」

「百両がかなり残っておるわ。この堺には大した剣道場はないでな、大人しくしていよう。それがしの武者修行の最後の相手は一人《いちにん》しかおらぬ、坂崎空也にて決まりよ」

と彦次郎が言い切った。

伴作は二日ほど堺の外れ、海辺の漁村に借りた家で主従ともに過ごし、彦次郎と愛鷹の千代丸をこの地に残して大和国柳生の庄に向かった。

だが、訪ねた柳生新陰流正木坂道場に空也の姿はなかった。

「ほう。若の言うことが当たったか」

と独りごとを呟いた伴作は、薬売りの真似をしながら道場に出入りする門弟衆の言動を密かに見聞することにした。

すると彦次郎が推量したとおり、柳生藩藩主の八代目柳生俊則と少数の重臣らの焦りは別にして、大半の門弟衆の稽古の中身は弛緩して、真剣さが欠けているのが分かった。なんと、定府大名の俊則が、公儀の許しを得て国許柳生の庄に戻り、徳川家師範役の立て直しに来ていることも、

「おい、殿はいつまで柳生の庄におられるな」

「それよ。幕閣のどなたかの忠言で今しばらく柳生の庄に滞在されるそうだ」

「殿の用事とはなんだな」

「それが分からぬのよ。早くいつもの正木坂道場の稽古に戻りたいのう。師範の武大夫様がきりきりしておられるのも敵《かな》わんぞ」

との藩士と思しき門弟ふたりの問答で察せられた。

それにしても徳川家師範役がこの体《てい》たらくでは、坂崎空也が武者修行の最中に知り合った京の袋物問屋の隠居一行の誘いで室生寺に同行したことにも伴作は頷けた。だが、いささか危惧もないではなかった。

(どうしたものかのう)

坂崎空也はいったん柳生の庄に戻ってくるのか、あるいは室生寺詣でからまた武者修行の旅を続けるのではないか。

伴作は、柳生新陰流正木坂道場の門が見える芳徳寺の山門石段下に、

「富山の腹薬快々丸」

の幟を立てさせてもらい、草鞋を造りながら道場の門前に注意を向けていた。

三日目の昼過ぎ、正木坂道場に旅姿の藩士と思しき若侍が、

「ただ今、柳生新陰流中士入江欣也、帰着し候」

と告げる大声が響き渡った。すると、

「おお、欣也さん、室生寺はどうでしたな」

と老門番が声をかけた。

「初めて室生寺に詣でたが、女人高野はなんとも立派なお寺であるな。金堂といい、灌頂堂と呼ばれる本堂も、雪がちらつく五重塔も荘厳な佇まいであったわ」

と旅の興奮を漂わせた声音で老門番に答えた。

「おい、欣也、そなたひとり、旅の途中で追い返されたか」

とそこへ老練の門弟衆が姿を見せて質した。

「川本師範代、そうではございませんぞ。それがし、隠居の又兵衛一行三人を京の国境まで見送ってから柳生の庄に帰着いたしましたところです」

「なに、室生寺を見物のうえ、かつらぎの隠居を京の国境まで見送ったというか」

「はい、道中の安全はそれがしの務めかと存じますでな」

「おお、中士どのがようい うわ。そなたひとりがどうして室生寺詣での一行に加えられたか解《げ》せんとだれもがいうておるわ」

「師範代、それがしの御用、殿直々《じきじき》の命にございますぞ」

「それよ、分からんのは」

と洩らした川本孫一郎《まごいちろう》師範代が首を捻り、

「さようなことより、欣也、坂崎空也どのはどうなされた」

と上士の上念喜多朗が問うた。

「坂崎空也どの、室生寺で独り稽古に入られました」

「なに、空也どのは室生寺で独り稽古じゃと」

「いかにもさよう。空也どのは隠居の又兵衛一行とともに室生寺に辿り着き、室生川に架かる太鼓橋を渡った途端、いきなり、『この室生寺で独り修行がしとうございます』と又兵衛に願い、隠居も大いに賛意を示され、われら、仁王門の前にて別れることになりました。今ごろは空也どの、室生山をあの木刀を振り振り、跋渉《ばっしょう》しておられましょう」

と欣也と呼ばれた若侍が言った。だが、一行全員が江戸で再会しようと約定した話はひと言も告げなかった。

「なんと柳生の正木坂道場での稽古では物足りんか」

と上念が洩らした。

「上念、そうではあるまい。室生寺の威厳にのまれてな、あちらで独り修行がしたくなっただけのことではないか」

「と申されると、師範代、柳生新陰流正木坂道場に空也どのは戻ってこられますかな」

「当然ではないか」

と川本師範代が答え、欣也の顔を見た。

「坂崎空也、必ず柳生の庄に戻ってくるであろうな」

欣也の眼差しがうろうろと門前をさ迷い、

「師範代、それが、空也どのはこちらに戻られません」

「なに、どうしようというのだ」

「ですから、ただ今室生山での独り修行を」

「欣也、わしが聞いておるのはそのあとのことだ」

「はっ、はい」

「そのほう承知しておるのかおらんのか、どっちだ」

「師範代、空也どのは武者修行の最後の地に参られます」

「なにっ、空也どのの武者修行の最後の地とはどこだ」

薬売りに扮した伴作も聞き耳を立てた。

「大台ヶ原」

と欣也と呼ばれた若侍が言い切った。

「なに、大台ヶ原とな、あそこは雨が多い、地の果てのような地獄じゃぞ。この季節、雪も積もりだしておろう。あのような場所で剣術修行ができると思うてか」

と川本師範代が欣也に向かって大声を挙げた。

伴作老は、

（なんと坂崎空也も武者修行の最後の地を大台ヶ原に定めておるか）

と驚愕した。そして、

（寛政の御世、戦うべくして生まれてきたふたりの剣術の才人が大台ヶ原にて真剣勝負に及ぶか）

と思い直した。

もはや柳生の庄に用事はない。

薬売りの荷を片付けはじめた。

「薬屋はん、腹薬の快々丸をくださいな」

と女衆が伴作老に声をかけた。

「いくつ欲しいですな」

「ひとつで十分どすわ」

「ほれ、三袋、差し上げます。本日お代は要りませんでな」

と女衆の手に薬袋を押し付けた伴作は柳生新陰流正木坂道場が見える芳徳寺の山門下から辞去していこうとした。

ちょうどそのとき、ちらちらと雪が柳生の庄に降り始めた。
伴作は考え直した。
空也と旅した入江欣也に直《じか》に話を聞くべきだと思ったのだ。

第四章　身を斬らして

一

「山海千重《せんちょう》の雲路を凌《しの》ぎて、岩田《いわた》河《がわ》の流れに衣の袖《そで》をすすぎ……」と龍神温泉をこう認《したた》めたのは、鎌倉《かまくら》期、踊念仏《おどりねんぶつ》を諸国に広めた一遍上人《いっぺんしょうにん》の事蹟を伝える文章だ。上人はこの街道を経て熊野本宮に参詣したと風評に広まっていた。

龍神街道は、波のように連なる山々といく筋もの川を越える険阻《けんそ》な山道であった。

子供連れ、女連れの利次郎ら一行は、かような山道を越えて鄙びた旅籠が連なる名湯の里に着いたのだ。

江戸期、湯治は七日の倍、十四日がふつうであった。

岩田川の流れを望む露天風呂は、師走《しわす》を前に湯治客は少なかった。それでも一行の隣の部屋には、紀ノ川の左岸にある九度山《くどやま》の舟戸河湊の舟問屋の一家が湯治に来ていた。

「なんや高野山の麓の郷から参られましたんか。娘はんに子供連れで龍神街道は大変どしたな。どや、帰りは和歌山に寄られしまへんか。紀ノ川を上って九度山宿の舟戸河湊まで舟旅しなはれ、楽どすがな。うちは小さな舟問屋や、手配しますよってな」

と帰路まで案じてくれた。

そんなことがきっかけで隠居夫婦と嫁とふたりの子の五人の一家と利次郎一行は親しくなり、夕餉はいっしょに摂《と》るようになっていた。

「隠居がたは姥捨の郷をご存じでござろうか」

と利次郎が訊くと、

「紀ノ川に世話になっとる河舟問屋やがな、川沿いの郷は大概承知してます。姥捨の郷人は雑賀衆どしたな」

「いかにもさよう」

「あんたはんがた、江戸の住人と最前言わはりましたな。また江戸のお方がなんで姥捨の郷におられるんや。知り合いでもいてはるんやろか」

「隠居どの、それがしの妻は姥捨育ちでござる」

と霧子を見た。

「おお、育ちとはどんなこっちゃ、生まれたんが姥捨の郷とは違うんか。ああ、あんたはんの親御がどこぞにいてそこで生まれたんやろか」

「ご老人、私、姥捨の郷人とは違う雑賀一族に泉州堺から赤ん坊の折り、攫《さら》われてきて姥捨の郷人に育てられたのです。実の両親も今では分かりません」

と霧子が平静な声音で答えた。

「なんやて」

しばし隠居が言葉を失った。

「おかみはん、えろう苦労しはったな。そんな女衆が江戸のお侍はんと知り合うて所帯を持たれたんかいな」

お婆が労《ねぎら》いの言葉を亭主に代わって言った。

湯治客はだれもが暇だけは十分に持っていた。

とある経緯で江戸神保小路の直心影流尚武館坂崎道場に関わりを持って奉公したことや、道場主の剣術家坂崎磐音が老中筆頭の田沼意次と敵対して、江戸から逃れる羽目になった折り、自分の育った姥捨の郷に坂崎磐音とおこん夫婦を連れて行ったことなどを霧子が手短に告げた。

「公儀の老中はんどすか」

隠居がこんどはほんとの話かと霧子を見た。

「坂崎磐音様は、江戸ではなかなかの人物にございます。そのお方が田沼意次様と意知様父子に睨まれまして、ご夫婦は江戸を無益に騒がすことを避けてふたりだけで西へと逃れられました。私は、箱根の山中でご夫婦に加わり、亭主どのは姥捨の郷にてお仲間もうひとりとともに師匠夫婦をお助けする一員になりました」

「まさか老中はんと倅はんの手勢が姥捨の郷まで押し掛けたんと違いますやろな」

「おっしゃるとおり姥捨の郷で戦《いくさ》まがいの大騒動がございました。ご隠居、もはやこれ以上のことは話しません。ですが、私が口にしたことはすべて真実です」

と霧子が言い切った。しばし沈思していた隠居が、

「思い出したわ、二十年も前に隠れ里で大騒ぎがあったことをな」

「隠居どの、坂崎磐音様はそれがしの剣術の師匠でもござってな、妻が申したよ

うに剣術界のみならず江戸では知られた御仁にござる。田沼一統との戦いを経て江戸に戻られたのち、それがし、霧子と所帯を持ったのでござる」

舟戸河湊の舟問屋の隠居は、剣術家には関心がないらしく、磐音についてなにも触れることはなかった。

「そんで懐《なつ》かしくなり、姥捨の郷に訪ねてきはりましたかいな」

「それがいささか事情は違いましてな、わが師匠の坂崎磐音様とおこん様が霧子に連れられて姥捨の郷を初めて訪ねた折り、おこん様は懐妊されておりましてな、無事に男子空也どのが姥捨の郷で生まれたのです」

「あんたはんの師匠の子は、姥捨生まれかいな」

「いかにもさよう。空也どのとわが妻の霧子のふたりはこのように姥捨の郷に深い縁《えにし》があるのでござる。ゆえに血は繋がっていませぬが、ふたりは互いを姉と弟と思うております」

「弟はんの空也はんはこたびは姥捨の郷に同道されておらんのかいな」

「隠居どの、姥捨生まれの空也どのは四年前、西国薩摩へと武者修行に出立されましてな、そのとき、わずか十六歳でござった」

「あんたらの話、驚くことばかりやで。安永のひと昔前やないわ。寛政のご時世、十六で生きるか死ぬかの武者修行かいな」

「いかにもさよう。弟の空也どのと姉の霧子は、武者修行の最後に訪ねる地は、姥捨の郷と約定していたのです。そんなわけで、われら夫婦、空也どのを迎えに江戸から出てまいった次第でござる」

「このご時世、武者修行をなす若侍はんがおるんか、そうかそうか」

と舟問屋の隠居が繰り返し、己を得心させるように頷いた。

「おふたりはんのお子が力之助ちゃんですね」

こんどは嫁が利次郎と霧子の顔を見ながら訊いた。舟問屋の隠居一家の嫁の子は十一と九つとか、ふたりして力之助の面倒をしっかりと見てくれていた。

「いかにもさようです」

「こちらのお嬢はんはおふたりの娘御とは違いますやろ」

「眉月様は、空也どのの武者修行に関わってくるお人で、薩摩藩島津家のご重臣のお姫様です。ご一統様、われらの湯治はまだ十日は残っておりましょう。空也どのと姫の話は他日、眉月姫から直にお聞きなされ」

と利次郎が応じた。

そんな龍神温泉の湯治場暮らしを眉月も存分に楽しんでいた。

一方、室生寺の空也は、鎧坂《よろいざか》を上がったところにある弥勒堂《みろくどう》、金堂《こんどう》、本堂、五重塔、さらに奥之院の御影堂から室生山へと巨木の杉林の間をひたすら黙々と奔り廻り、小さな空地があれば木刀の続け打ち、

「朝に三千、夕べに八千」

の薩摩の古人が繰り返した厳しい稽古に没頭していた。

独り修行を初めて七日目、前夜から本式に降り始めた雪が五重塔を真っ白に染めた景色に、空也は思わず足を止めて言葉もなく見上げた。

勾配《こうばい》ゆるく軒の出がどこの五重塔よりも深い檜皮葺《ひわだぶ》きの屋根に積もった雪景色は、鮮烈清新で空也を感動させた。

寝泊まりは奥之院御影堂の傍らに設けられた小屋を使うことが許された。

又兵衛が室生寺座主に断ってくれたお蔭で、食い物も三日に一度届けられた。

空也は厳しい室生寺の冬を楽しみながら三七・二十一日の修行にひたすら没念していた。

泉州堺。

一方、佐伯彦次郎は海を望む借家に愛鷹の千代丸と静かに暮らしていたが、そこへ柳生の庄の正木坂道場の様子を見に行っていた伴作老が戻ってきた。

「若、もはや坂崎空也は柳生の庄を出ておりましてな、あちらに戻ることはございませんぞ」

とまず報告し、彦次郎が頷いた。

「柳生の庄には京の老舗の隠居一行に同行して訪ねたそうな。この隠居、剣術好きでしてな、京の宇治のめし屋で知り合った空也を柳生の庄に誘った人物ですわ。空也は柳生新陰流の正木坂道場に最初こそ感激したようですが、柳生新陰流の手緩《ぬる》い稽古ぶりに気付いたか、わしが柳生を訪れる数日前に隠居一行に従い室生寺詣《て》でに向かったのです。この旅に柳生藩の若い藩士、柳生新陰流の中士身分、人の好《い》い入江欣也なる者が従っておりましてな。この御仁、空也と同じ年ごろということもあり話が合うようです。それに空也の技量に惚れ込んでおりまして江戸で再会することも約束して、室生寺にてふたりは別れておりますんや」

と言い添えた。

「坂崎空也ほどの武者修行者が柳生新陰流の実態に気付かないはずはない」

と彦次郎が言い切った。

「若は、そのことを柳生の庄の正木坂道場の稽古を見ずして推量したか」

「伴作、柳生新陰流の〝陰〟とはどのような意か分かるか」

「年寄りの小者にさようなことが分かるはずもなかろう」

「〝陰〟は剣者の心を示すとして知られておるわ。相手の心身の動きを読むために己の心を研ぎ澄ます。その極みを形にした技こそ、敵を殺さず素手で制する『無刀どり』であるというのが石舟斎らの考えよ。なんともご大層な考えと思わぬか。空也は、それがしと違い、どのような人物であれ、信頼して付き合うことができる気性とみた。空也が父の磐音から習った直心影流もそれがし流に考えるに柳生新陰流と類する考えよ。なんの疑いも邪心もなく無手で近づくゆえ相手も心を許す。こたびの京の剣術好きの隠居も空也のその気性に惚れ込んだ」

「おお、又兵衛という名の隠居は、柳生新陰流の柳生藩がどこにあるかも知らない空也を喜ばせようとして正木坂道場に連れていったそうだ」

「坂崎空也は年上の一廉《ひとかど》の御仁にさえ好ましいと思わせる気性の持ち主とみた。又兵衛は、坂崎空也と知り合って、空也が父親の坂崎磐音を凌ぐ剣術家になると信じておるようだな」

「そのこと、若はどう思うな」

「又兵衛の気持ちはよう分かるわ。ただし、坂崎磐音は倅の空也が未だ持ち合わせぬ考えの持ち主よ。ゆえに江戸の神保小路で佐々木玲圓から受け継いだ直心影流尚武館坂崎道場を当代有数の剣術道場に育てあげた」

と磐音を見ず知らずの佐伯彦次郎が言い切った。

「どういうことか、若」

「磐音にはどのような他人にも全幅の信頼を寄せるということはないわ。つまり磐音が育てた尚武館坂崎道場の直心影流は柳生新陰流の〝陰〟の考えに似ておると、それがしは察しておる。なぜならば、それがし、磐音と同じく長い付き合いの人物であれ、無邪気に信じるということはないでな」

とさらに彦次郎が言い添えた。

ううーん、と唸った伴作が、

「若、わしも信用しておらんか」

「全幅の信頼はしておらん。真の剣術家とは、いや、人間とはそういうものだ。空也は未だ世間の陰をしらん。ゆえに父親を乗り越えておらんのだ」

「魂消たな、わしと若の付き合いは何年になる」

「伴作、さようなことは歳月が決めることではないわ。それがしは、空也と異なり、人を信頼せぬ、というより疑ってかかる気性でな。ゆえに数多の真剣勝負に勝ち残っておるのよ」

「若とは違う、世間を疑うことを知らぬ空也も生き残っておるぞ」

「そこよ、それがしが坂崎空也に関心を抱き、なんとしても対決してみたいと考えるのは。佐伯彦次郎の剣術との違いが奈辺にあるか知りたいからよ」

彦次郎の言葉に伴作がしばし黙り込んだ。そして、口を開いた。

「空也と直に接してきた柳生藩藩士にして柳生新陰流の中士入江欣也から聞き出した話のひとつよ。室生寺詣でをした又兵衛、ひさ子なる又兵衛の姪、康吉なる江戸から京へ商い修業に来ておる手代、そして、空也の五人、室生寺で空也と別れる折り、江戸での再会を約定し合ったそうな。この江戸は神保小路、尚武館坂崎道場で会うように誘ったのは空也だそうだ。欣也は、必ずや江戸での再会が果たされると信じておるわ」

「それが剣術家坂崎空也の弱みと当人は思うておるまい。それがしとの勝負で空也は身罷る。ゆえに江戸での再会などありえぬ」

主従はしばし無言の時を過ごした。

「若、わしは柳生藩の中小姓末席の入江欣也と直に話し合うために予定を変えた。

ゆえに日にちがかかったのよ」

「なんぞ目新しいことがあるか」

「おお、入江欣也は空也が己の武者修行の最後の地を大台ヶ原と定めておると当人の口からしかと聞いたそうな」

「ふっふっふ」

と彦次郎が嗤《わら》った。

「面白いのう。それがしが空也に関心を抱くただひとつの曰くよ。伴作、言うたであろう。剣術家坂崎空也は、他人を信用しすぎるのよ。早死にをなすわ」

「大和国の山また山の大台ヶ原には、もはや雪が降り積もっておろう。それでも若と坂崎空也はあちらで出会うというか」

「それがわれらの宿命、さだめよ」

と彦次郎が言い、

「空也は未だ三七・二十一日の室生寺修行の最中であろう。われら、明後日、大台ヶ原へ旅立つぞ」

「雪の山道を行くか」

「おお、伴作が柳生の庄におった折り、それがし、大台ヶ原を探って参ったわ」

「ほう、下調べが済んだというか」

「おお、人を疑わず、自然を知らずして勝負に勝ちはないでな」

「大台ヶ原にわしらと千代丸が過ごす塒《ねぐら》はあるか」

「一番苦労したのは大台ヶ原にまともな塒を探すことであったわ」

「坂崎空也よりわしらが先に大台ヶ原の塒に入れるな」

彦次郎が頷き、

「塒には囲炉裏もあれば寝具もある。食い物も運んである」

「ならば明日には旅立てるな」

「伴作、大台ヶ原の塒を探すことで持ち金を使い果たしたわ」

「わしも柳生の庄であれこれと費消したで手持ちは尽きたぞ」

「ゆえに泉州堺でな、異人剣法を教える唐人、劉惟信《りゅういしん》なる者の武道場にて十両勝負をなす」

「若、その十両は残しておろうな」

伴作の問いに彦次郎がにやりと笑った。

泉州堺は、上方にあって特異な湊町《みなとまち》だ。江戸初期から異国交易で栄えた河口の湊町はいつしか海底に泥流が溜まり、異国船は入津《にゅうしん》することが困難になり、賑わいが途絶した。

江戸後期、江戸の商人吉川俵右衛門《よしかわひょうえもん》が堺商人らと協力し合い、浚渫《しゅんせつ》を行い、堺の繁栄がふたたび始まっていた。異国から齎《もたら》される技術のひとつが小型の短筒《たんづつ》、「堺筒《さかいづつ》」だった。

そんな堺の新湊《しんみなと》には夜ともなれば新河口の灯籠《とうろう》に灯《とも》りが点った。そして大浜《おおはま》の湊にはなぜか赤・白・赤の三色旗が異国情緒を見せて無数に棚引いていた。

その一角に武術百般「劉惟信教場」はあった。

彦次郎はふらりと武者草鞋《むしゃわらじ》のまま教場の土間に入った。六十畳ほどの広さがあり、二十数人の門弟か、青龍刀《せいりゅうとう》、南蛮剣《なんばんけん》サーベル、銃剣など多彩な武器をもった面々が稽古をしていた。その半分が異人だった。

長髪に美髯《びぜん》、唐人の長衣を着た壮年の武芸者が指導していた。教場主の劉惟信であろう。背丈は六尺を優に超え、鍛えられた五体と足腰の持ち主だった。

「入門かな」

と達者な和語で彦次郎に問うた。

「劉惟信どのじゃな、それがし、道場破りにござる」

彦次郎の明瞭な声音は教場じゅうの門弟の耳に届いた。異国の言葉で騒ぎが始まり、笑い声も交じった。

「ただしいささか願いがござる。両者ともに和国の小判十枚をかけて勝負がしたし。勝者は二十金を得る」

「おぬし、サエキ某《なにがし》なる道場破りか」

「いかにも佐伯彦次郎にござる」

にやりと笑った劉惟信が、

「待っておった。真に姿を見せるとは、本人であろうな」

「間宮一刀流《まみやいっとう》佐伯彦次郎は一人《いちにん》しかおらぬ」

と応じた彦次郎が袱紗《ふくさ》包みを教場の一角の支那《しな》机に置いて、

「お調べになるか」

と質したが、劉は無言で机の引出しから小判十枚を摑むと彦次郎が置いた袱紗包みの傍らに並べた。

「得物は竹刀などとは言うまいな」

「劉どの、そなたの得意な得物でかまわん。それがし、村正《むらまさ》で応対いたす」

「なに、トクガワ家に仇《あだ》をなす妖刀村正か、面白い。青龍刀にてそのほうの村正を叩き折る」

両人の話を聞いていた門弟衆が土間の教場の壁際に下がり、青龍刀を手にした劉惟信と彦次郎が対峙した。

「各々がたに告げておく。かようにわれら両人、尋常勝負をいたす。どちらが勝ちを得ようと恨みつらみはござらぬ」

彦次郎の宣告に劉惟信が、

「聞いてのとおりだ」

と対戦者の言葉に賛意を示した。

門弟衆はこの尋常勝負が生死の戦いになることを承知した。

劉惟信が使い込んだ青龍刀を左手一本に構え、

「参れ、若造」

と彦次郎に宣戦布告した。

頷いた彦次郎は静かに千子《せんご》村正を抜くと中段に寝かせた。

劉の青龍刀が左手から右手に投げられ、受け取った右手の刀はふたたび左手に戻った。そして左から右、右から左と目まぐるしく飛んだ。

彦次郎は初めての唐人剣客の剣技を凝視していたが、すっと中段に寝かせた剣を引いた。

その動きを見た劉惟信がにやりと笑い、生死の間合いのなかに踏み込んできた。一気に両者の刀がかみ合うか、圧倒的な重量感を持つ青龍刀が妖刀村正の細身の刀身を断ち切り、さらに彦次郎を一撃するか、と門弟衆は固唾を飲んだ。

右から左、左から右へと飛ぶ重い青龍刀が、突き出された村正を破砕し、彦次郎を斬撃すると門弟衆は確信した。

重い青龍刀の間隙を縫《ぬ》って、妖刀村正の切っ先が、
すすすっ
と伸びて劉惟信の首筋を鋭く断ち切っていた。

時の流れが止まった。

沈黙の教場にそよりと風が吹き、彦次郎が机の上の十両を摑むと「劉惟信教場」から姿を消した。だれも動かない、いや、動けなかった。

異人の罵《ののし》り声が響いて、ひとりの門弟が机の上に残された袱紗包みを見て、手に取った。なんと袱紗包みのなかから鉄片十枚が出てきた。

「あやつ、許せぬ」

と和人の門弟が喚いたが、もはや彦次郎は泉州堺の大浜から大台ヶ原に向かう山道へと走っていた。

二

寛政十一年も残り少なくなった冬。

江戸神保小路は快晴の天気が続いていた。そのせいか直心影流尚武館坂崎道場は、いつも以上に門弟衆の出入りで賑わっていた。

朝稽古がそろそろ終わりに近づいた刻限、道場主の坂崎磐音は式台前に人の気配を感じて自ら応対に出た。すると飛脚屋の半纏《はんてん》を着たふたりが立って、顔なじみのひとり栄作《えいさく》が磐音に会釈した。

鎌倉河岸《かまくらがし》の飛脚屋トビ一《いち》の奉公人だ。もうひとりは未だ十代の半ばといった若者で顔にニキビをつくり赤ら顔だった。

「こちらが尚武館道場だぞ、神保小路を覚えたな、泰二《やすじ》」

「へーえ」

「へえ、じゃねえ、江戸の奉公人の返事は、きびきびと、はい、の一語だ。言い直せ」

「はーい」

どうやらトビ一に在所から新しい奉公人が入ったらしく、兄貴分の栄作が江戸の道筋や馴染みの客の屋敷やお店《たな》を教えている最中のようだった。

「栄作どの、新しい奉公人のようだな、宜《よろ》しく頼もう」

磐音が挨拶すると泰二と呼ばれた若者が、へーいと返事をした。

「へーいではねえ、はい、だ」

「はーい」

と泰二が返事をしたとき、道場から木刀を手にした門弟衆が出てきた。それを見た泰二が、

「ああー」

と悲鳴を洩らした。

「泰二どの、案ずることはない。うちは剣道場でな、門弟衆が稽古をするところだ。そなたの在所はどこかな」

「佐野《さの》」

「下野《しもつけ》の佐野かな」

と磐音が訊くと、うんうんと頷き、洩らした。

「江戸は侍さんがおおいだ」

「いかにもこの界隈は二本差しの武家だらけだな。うちはその方々を相手に商いをしているのだ。トビ一には常々世話になっておる。よろしくな。泰二どの、その手にある書状はうち宛てかな」

と磐音が訊くと泰二が慌てて手にしていた書状を突き出した。

「泰二、書状を渡すときはなんというのだ」

「こちらは剣道場だか」

「こちらは尚武館坂崎道場ですね、と確かめて渡すのだ。分かったな」

栄作の教えにがくがくと頷いて磐音に渡した。

ちらりと表書きを見た磐音が、

「大和の奈良の都からか」

と呟き、トビ一のふたりに礼を述べた。

磐音は書状の差出人を見た。なんと、

「京四条袋物問屋かつらぎ隠居又兵衛」

とあった。

隠居の名には覚えがあった。そこへ道場から姿を見せた中川英次郎が、

「なんと空也が世話になったご隠居どのからの文じゃぞ」

という磐音の呟きを聞いて、

「どうやら空也どのの近況が聞けそうですね」

「そのようだな。英次郎どの、いつものご一統様に連絡《つなぎ》をつけてくれぬか」

と願った。

武者修行中の空也から文がくることは滅多にない。届いたとしても短い文面ばかりだ。だが、空也と接した方々が尚武館にくれる文には、空也との出会いが事細かに認めてあることが多く、尚武館母屋に参集した面々にあれこれと話題を提供してきたから空也自身の短い文より人気があった。

八つ半（午後三時）の頃合い、坂崎家母屋にいつもの面々が顔を揃えた。

尚武館道場の剣友最古参の速水左近、渋谷眉月の父の薩摩藩江戸藩邸奉公の重臣渋谷重恒、英次郎の実父勘定奉行の中川忠英《ただてる》、磐音とは古い付き合いの両替屋筆頭行司《ぎょうじ》今津屋の老分番頭由蔵、尚武館道場の客分小田平助、霧子の父親代わりの師匠松浦弥助、尚武館小梅村《こうめむら》道場主の田丸輝信《たまるてるのぶ》夫妻、同道場の後見向田源兵衛、

磐音の古い友人の品川柳次郎《しながわりゅうじろう》、同じく竹村武左衛門《たけむらぶざえもん》に尚武館道場の高弟川原田辰之助ら、そして坂崎家の一家と、いつもの顔ぶれだ。

奈良の飛脚屋から出された書状はいつものように坂崎家の仏壇に置かれてあった。

茶菓が全員に供されて、一服茶を喫したところで磐音が、

「この文、空也が京の宇治にて知り合いになった袋物問屋の隠居又兵衛どのからでござる。空也を親切にも柳生の庄、柳生新陰流正木坂道場に連れていってくれた御仁でござる」

と一同に紹介すると、全員ががくがくと頷いた。そのなかでも小田平助の顔には微妙な表情があった。

一座のなかで柳生の庄を直に承知なのは小田平助ひとりだ。その小田が経験した柳生新陰流の、決して芳しくはない実態について前回の集いで話したことを、平助当人は気にしていたのだ。

「ご一統様、ご隠居又兵衛どのの文、読ませていただきますぞ」

と前置きした磐音に、

「うーん、わしは知らんぞ、何者だ、磐音」

と豊後関前藩を脱藩した磐音が浪々の身になって江戸へ出てきた折り、知り合って以来の盟友武左衛門が質した。

「父上、この屋敷の主様が文を読むと申しておられるのです。黙ってお聞きになったらどうですか」

と武左衛門の娘にして、田丸輝信の女房の早苗《さなえ》が忠告した。いつもの父と娘の問答に、他のだれもが、

「またか」

と笑った。

「武左衛門どの、よろしいか」

と磐音が念押しした。

「致し方なし、文を聞いても分からぬとき、問い質す」

「相分かった」

と磐音が文を持ち直した。

「江戸・神保小路。直心影流尚武館坂崎道場、道場主坂崎磐音様か、なかなかご隠居達筆であるな」

と洩らした磬音にこんどは磬音とおこんの一女にして中川英次郎の妻女睦月が、

「父上、お先を読んでくださいまし。皆さん、お待ちです」

と催促した。

「おお、すまなかった。

私こと又兵衛、女人高野で名高き真言宗、むむ、なんと読むべきか、おお、仮名が丁寧にもつけてあるわ、宀一山《べんいちさん》と読むか、宀一山室生寺の本堂修復の資金の一部、京の信徒衆で集めし五百両を納めに行く道中、京外れの茶所宇治のさもないめし屋にて、そなた様の子息、坂崎空也様と知り合いましてございます。

武者修行中という若侍が何者か当初承知しませんでしたが、このめし屋にて話すうちに剣術好きの私は、ただ者ではないと推量いたしました。そこへ室生寺に持参する金子を狙ったと思しき、ふたり連れの不逞《ふてい》な剣術家が手代の持つ風呂敷包みを騙しとろうと企てたか、あれこれとちょっかいを出してきました。その折り、若侍が薩摩剣法の重くて長い木刀の素振りをしただけで追い払われましてございます。

このことが切っ掛けで私は武者修行中の若侍を、私が出入りを許されておる、柳生石舟斎様が二百年も前に柳生新陰流を創始した地、柳生の庄にお連れいたしました。

若侍はそこがどこかと分かった瞬間、欣喜雀躍《きんきじやくやく》して喜ばれました。私はこの若者が心から剣術が好きなことを察しました。

初めて正木坂道場に入った若侍の力を見抜いたのは、柳生一族の血筋を引く師範柳生武大夫様でございまして、なんといきなり一対一の立ち合いとなりました。

坂崎磐音様、このご両者の立ち合い、一夜を超える長い対峙になりましてございます。とは申せ、ただ剣術好きの年寄りがふたりの立ち合いの真の意を理解したとは申せますまい。

いつ果てる、いえ、いつどちらが仕掛けるかのふたりの不動の立ち合いを門弟衆も私めも息を飲んで凝視しておりました。なんと申しますか、見物の私らはふたりの不動の対決に身動きひとつ出来なかったのでございます」

磐音は文から眼を挙げて両眼を瞑《つぶ》った。だれもがその場の様子を想像していた。

両眼を開いた磐音が文の先を読んだ。

「柳生の庄の冬は京の者にも寒いものです。ですが、私どもは寒さも時の経過も感ずることなくただ固まった身のまま不動の両人を見て一夜を過ごしました。

未明、広い道場内を照らす何本もの灯りが一本また一本と消えていき、門弟衆のなかには勝負を見続けることに耐え切れず、そっと道場を抜け出るお方もおりました。最後の松明が消えた瞬間、両人が仕掛けられました。

暗闇の打ち合いは刹那か、あるいはそれなりの刻《とき》か、私には今も理解つきませぬ。

新たな提灯が灯されたとき、武者修行の若侍はすでに床に正坐しており、柳生武大夫様は木刀を構えたまま、ゆらりゆらりと上体を揺らして口を開いて立っておられましたが、直ぐにがたん、と音を立てて片膝を床に着かれました。

若い武者修行者は平静な声音で、『ご指導有難うございました』と礼を告げられました。

この立ち合い、ただ今の柳生の庄では『一夜勝負』として知られ、おそらく柳生の庄の伝説になろうかと愚考します。

柳生藩八代藩主柳生俊則様の口から武者修行者がそなた様の一子、坂崎空也様と柳生の庄でも門弟衆に知らされました。

武大夫様の立ち合いに感謝した空也どのはなんと、直心影流の奥義『法定四本之形』を披露され、見物の門弟衆は、『直心影流の奥義を他流の道場で見せるとは』などと大変驚かれておりました」

と磐音が幾たび目か長い文を読むのを止めた。

「磐音どの、柳生藩八代目柳生俊則様の治世、柳生新陰流を真の意味で背負うておるのは柳生武大夫と耳にしたことがある。空也はさような武芸者と『一夜勝負』をなしたか。空也がわが直心影流の奥義を柳生新陰流正木坂道場で披露した気持ちはよう分かる。ただし他流では奥義・極意は極秘中の極秘、門弟衆が驚愕したのも分かるわ。それにつけても、磐音どの、この四年、無駄ではなかったのう」

と速水左近がしみじみと洩らした。

磐音はなにも答えず、

「文は続きます、最後まで読ませてもらいます」

と一同に断った。

「『一夜勝負』の噂を聞いた柳生新陰流の古い門弟衆も正木坂に姿を見せられて空也様と稽古をされました。また空也様も自分の武者修行にて習得した薩摩の野太刀自顕流の稽古法、『朝に三千、夕べに八千』の、『タテギなる台に置かれた木束を叩く稽古を柳生の庄の門弟衆に披露されました。そんな日々が何日続いたでしょうか。

空也様が柳生の庄で浮き上がったようにこの年寄りは感じました。いえ、柳生新陰流の門弟衆が裸足でタテギをひたすら打つ稽古法などを良しとしないと考えておると、空也様が察せられたというのが正直なところでしょう。

私、藩主の柳生俊則様や『一夜勝負』の相手の柳生武大夫様と相談し、柳生新陰流正木坂道場での修行を切り上げて、室生寺詣でに空也様を同道したいと願いましてございます。お二方は私の願いを快く受け止めてくださいました」

磐音が文を読むのを止めて小田平助を見た。

平助はただ無言で頷いた。

「家康公の師範方、柳生新陰流ともなると連綿と続いてきた習わしがあろう。他流の稽古を受け入れる、受け入れないは、武芸者一人《いちにん》の考え次第でござろう」

と磐音が柳生新陰流の門弟衆の反応をこう解釈して告げた。

「二百年余、柳生石舟斎、柳生十兵衛様の初心を貫くのは、新陰流とてなかなか至難であろうな」

と速水左近も応じた。

「又兵衛どのの文は、これまで空也について書状をくれたどなた様よりも長うござる。ご一統、文はもう少しでござる。続けてよろしいか」

と磐音がこの場に集まった者に問うた。

一座の者は緊張の顔で首肯した。ただし武左衛門ひとりが長い文に退屈したか、うつらうつらと居眠りしていた。

娘の早苗が父親の不作法に連れ出そうとしたとき、磐音が、

「武左衛門どのはそのままにしておかれよ、早苗さん」

と言い、続きを読み始めた。

「……柳生の庄から室生寺への道中のことです。宇治のめし屋に現れたふたりの浪人者の背後にやはりひとりの悪党が隠れていたのです。龍神街道の峠道に現れたのは、なんとひと昔前、『柳生新陰流正木坂道場に桂原達磨あり』と武名を知られた御仁でした。

その上、京で私が集めた室生寺本堂修復の費え五百両を狙って待ち伏せしておりました。

空也どのと桂原某の勝負、一瞬でした。

木刀を上様から拝領した修理亮盛光に持ち代えられた空也どのは薩摩剣法野太刀自顕流の掛かりなる一撃にて桂原達磨どのを死に至らしめました。空也どのは、

桂原某を生かしておいては柳生新陰流のみならず柳生藩にも迷惑がかかると思うてのことと後でお聞きしました。

私が、その場で『こたびの勝負、そなたはんの十番勝負に加わりますか』と質しますと、『隠居どの、それがし、これまで九番勝負を戦いましたが、追剝ぎをなす剣術家をそれがしの十番勝負に加えることはございません』と潔《いさぎよ》い返答でした。そして、前記したように、柳生新陰流と柳生藩に迷惑がかかると考えて、決死の一撃を揮ったと答えられました。

何倍も歳を食った又兵衛の考えをはるかに越えて空也どのは剣術修行をしておられます。長い文になりました。もう少しの我慢でございます、坂崎磐音様」

と許しを乞うた又兵衛の筆は、室生寺訪いに触れていた。

「……女人高野で有名な室生寺は、空也どののお生まれになった姥捨の郷とも真言宗の創始者空海上人とも深い縁がございます。桂原達磨どのとの勝負の前に、私が、空也どのに、弘法大師空海様の詠《よ》まれた御歌、

『我が身をば高野の山にとどむとも　心は室生《むろ》に有り明けの月』

をお伝えしますと、空也様は一段と室生寺と室生山に惹かれた様子でございました。幾たびも口のなかでこの御歌を繰り返しておられました。

雪がちらちらと舞い始めた室生川に架かる太鼓橋を渡ったときのことです。空也様は、直ぐに室生寺の厳粛な佇まいに感じ入られ、私めに、『この地で独り修行がしたい』と申されて、私どもとお別れすることになりました。

坂崎磐音様、京の商人の隠居風情《ふぜい》がいつまでもなにをくだくだいうかとお思いでしょうが、又兵衛、空也どのの厳しい修行、短い付き合いの間に十分察しました。そのうえで、私は、空也どのを『未だ二十歳、大きな剣術家になりなはれ』と室生寺に送り出しました。

坂崎おこん様、空也どのをようもお生みになりました。磐音様、十六歳の若武者をようも薩摩藩に送り出されました。

坂崎空也、すでに柳生新陰流柳生武大夫様と『一夜勝負』を対等に繰り広げる一廉の剣術家でございます。

京の商人の隠居風情の戯言《ざれごと》では決してございません。

長い文になりました。ぜひ、来春、江戸の神保小路に尚武館を訪ねとうございます。お許しくだされ。

大和奈良にて　　　袋物問屋かつらぎ隠居又兵衛拝」

磐音が長い文を読み終えた。

一座のだれも口を開かなかった。

武左衛門の鼾《いびき》だけが響いていた。するとおこんが、

「我が身をば高野の山にとどむとも　心は室生に有り明けの月」

と呟いた。

磐音は又兵衛の文を巻き戻しながら胸中で又兵衛の心遣いに感謝していた。

「なぜでしょうな、空也さんの武者修行には常に又兵衛ご隠居のような親切な人々が現れますな。それにしてもこたびの文は、この老分番頭の涙を誘う話ばかりでした」

と今津屋の由蔵が洩らした。

「いや、かように懇切丁寧な文を旅の道中から送ってこられた又兵衛老人に感謝じゃな。それがし、空也の武者修行に考えが及ばなかったことを恥ずかしく思うておるわ」

と速水左近が言った。

おこんは涙をこらえ切れずにいた。すると娘の睦月が、

「母上、本日はご自慢の倅様の旅を思ってお好きなだけお泣きなさいまし」

と手拭《てぬぐ》いを渡した。

「いえ、本日の涙は、空也がよう頑張ってきたことを知った嬉し涙です」

とおこんが言い、

「ご一統様、まさかかような文とは努々《ゆめゆめ》考えもしませんでした。本日、なんとなく皆様とお別れするのが切なくて、細《ささ》やかながら膳とお酒を用意してございます。京の袋物問屋のご隠居様に感謝し、空也の旅を菜にして一献《いっこん》召し上がってくださいまし」

との言葉に、不意に鼾が止んで、
ぱあっ
と両眼を開いた武左衛門が、

「柳次郎、酒はどこにある」

と質した。

それが宴の始まりになった。

三

大台ヶ原は大和と伊勢の国境に位置する台地状の山並みである。この山々の最高峰は日出ヶ岳《ひでだけ》で標高は五千六百余尺（千六百九十五メートル）であり、高山とは言い難い。だが、この頂《いただき》からすぐ目の前に正木嶺《まさきみね》が見え、その向こうには熊野灘《くまのなだ》が、さらに東に視線を向けると遠くには富士山《ふじさん》が、その手前には木曽駒ヶ岳《きそこまだけ》、乗鞍岳《のりくらだけ》、白山《はくさん》などが望遠できた。

和国有数の多雨地帯で、

「ひと月に三十五日雨が降る」

といわれ、富士山が望める幸運は実にわずかな機会だ。この雨が大台ヶ原を紀伊山地有数の難関の山岳地帯といわしめる。

されどこの多雨が豊かな森の木々を育てる恵みともなる。二十年に一度伊勢神宮で催される、

「式年遷宮《しきねんせんぐう》」

のための檜材《ひのきざい》がこの森から切り出されるのである。里人でも入ることが難しい

大台ヶ原で切り出された大木は、この森を水源とする宮川《みやがわ》の流れを利して伊勢の内海へと運ばれた。

佐伯彦次郎も大台ヶ原に塒を求めて独り山に入った折り、宮川の流れを利用して伊勢神宮の老宮司《ぐうじ》が日出ヶ岳と正木嶺の谷地《やち》に建てたという伊勢神宮正木嶺分社と称する社《やしろ》を見つけ、偶然にも家主の宮司と出会い、しばし借り受けることを交渉したのだ。正木嶺分社は、大台ヶ原の寒さにも耐えられる頑丈な造りだった。

このために彦次郎は懐にあった金子をすべて叩《はた》いた。

彦次郎は、伴作と愛鷹千代丸を伴い、ふたたび宮川の流れを遡上《そじょう》して正木嶺分社に入った。

日出ヶ岳は秋、満開の桜を想起させる「千本桜」と呼ばれる霧氷《むひょう》が景色を彩る。

だが、その季節も終わり、一帯には雪が積もっていた。

「若、ここが大台ヶ原か」

「おお、そうじゃ」

「千代丸は凍えそうやぞ」

ふたりの負った竹籠には食い物や飲み物が一杯に詰まっていた。伴作が背負う竹籠の上部には千代丸の巣箱がおかれ、綿入れが掛けられて寒さを和《やわ》らげていた。

これらの品々を買い求めた金子は唐人剣術家との十両勝負で得た。ただし彦次郎は鉄片を置いたに過ぎなかった。

（どうせ勝つのはそれがしに決まっておる。贋金《にせがね》であれ真の十両であれ、もはや変わりなし）

と考えていた。

「天気がよい折りしか、千代丸は飛ばせぬな」

「おお、この寒さは尋常じゃないぞ。この地で暮らしていけるかのう」

と泣き言をいった伴作だが、正木嶺分社の塒の囲炉裏を見たとき、

「おお、囲炉裏があれば大台ヶ原の寒さを凌げようぞ」

と安堵の言葉を洩らしたものだ。そして、早速、分社の床下に積まれた薪《まき》を使い、火を熾《おこ》した。分社の一角には鍋釜《なべかま》の類や器が置かれた厨《くりや》があった。

土鍋を囲炉裏の自在鉤《じざいかぎ》に掛け、食い残しの握り飯を使って雑炊を作った。

千代丸も巣箱から出されて囲炉裏端を飛び回り、彦次郎が拵えた枝木に止まってこちらも安堵の表情を見せた。

伴作は作り立ての雑炊を食する彦次郎を横目に、竹籠で運んできた酒を一合ほどちびちび飲んだ。主の彦次郎は酒を飲まなかったが、酒が好物の伴作老には飲

むことを許した。

「若、この地でひと冬越すことになるかのう」

「それもこれも坂崎空也次第よ」

「大台ヶ原の雪景色を見たら、山に入ってこないかもしれんぞ」

「それがしの相手の坂崎空也はひ弱な武者修行者ではないわ。必ずや大台ヶ原で修行をなす。室生寺の本尊に大台ヶ原に向かうことを約定しておろう。空也がこの山並みを奔り回るのもさほど遠い日ではあるまい」

　と彦次郎が言い切った。

「若、わしが飲む酒が切れぬうちに姿を見せてくれぬかのう」

「さあてどうかのう」

「いま遠い日ではないと言うたぞ」

「おお、言うた。酒はふんだんにあるでな。伴作がひと冬かかっても飲み切れまい」

「どういうことか。竹籠では二升しか運んでこられなかったわ」

「伴作、この家は伊勢神宮の正木嶺分社じゃぞ。神殿にはお神酒《みき》があろうが」

「おお、神社と酒は付き物や。明日には探してみようぞ」

といったんは一合で留めようとした酒を新たにもう一合飲むことにした。

そんな風に佐伯彦次郎と伴作、それに千代丸はぬくぬくと大台ヶ原の伊勢神宮分社で一夜目を過ごすことになった。

次の朝、正木嶺分社の本殿前で彦次郎は、愛刀の千子村正を揮《ふる》って独り稽古を始めた。


一方、坂崎空也は、熊野街道を通って大台ヶ原の登り口のひとつ、大杉谷《おおすぎだに》の大日嵓《だいにちぐら》に到着した。

佐伯彦次郎一行よりも五日ほど遅れてのことだ。

女人高野の室生寺で三七・二十一日の独り修行を終えた空也は、別れの挨拶のために室生寺の座主和佐又修光と初めて面会し、礼を述べた。

「おお、そなたが武者修行者の坂崎空也様ですか。室生山での修行、ご苦労はんでしたな」

「それがし、高野山の麓の姥捨の郷にて生まれましたで、この室生では懐かしい思いに包まれて修行を終えることができました」

「それは結構でした。そう、この室生と高野は、弘法大師様の真言宗にて心を通わせた親戚筋です。空海様に見守られて空也様も修行ができたんやと思います」

と応じた座主が、

「隠居の又兵衛はんからくれぐれも最後まで空也様の面倒を見てほしいと願われております。愚僧がなすべきことがござろうか」

「いえ、これ以上の持て成しは無用です。それがし、四年半余の武者修行の最後の地に向かいとうございます」

「大台ヶ原と聞きましたが、しかとさようですか」

「はい、そう決めております」

「冬の大台ヶ原は厳しいですぞ。室生寺の寒さなど比べようもない」

「覚悟の前です」

「わが寺の修行僧のひとりが大台ヶ原の登り口の近くの郷生まれです。この者に大台ヶ原の登り口まで案内させましょうかな」

空也はしばし考えた末に、

「座主、ぜひお願い申します」

と願った。

「坂崎空也様、ちとお願いがござる」

と室生寺の座主修光師が空也を見た。

「それがしができることならばなんなりと命じてくだされ」

「いやな、隠居の又兵衛はんから、そなたの父御から直伝された直心影流の奥義『法定四本之形』を柳生の庄正木坂道場で披露なされたと聞きましたんや。どうであろう、かように縁が生じた室生寺の本尊、如意輪観音菩薩《にょいりんかんのんぼさつ》様が安置される本堂灌頂堂にて、そなたの剣技奉献をお願いできぬものであろうか」

「修光座主、光栄至極にございます」

と空也が即答した。

その日のうちに室生寺の僧侶無数が集う本堂にて献じることになった。

延慶《えんきょう》元年（一三〇八）、五百年も前の建立の入母屋《いりもや》造り五間四方の本堂で数多の僧侶に見物される栄に浴し、空也は感動した。

その後、座主に口利きされた若い僧の案内で熊野街道の伯母峰《おばみね》峠から大杉谷の大日嵓を目指すことになったのだ。

この修行僧七海《ななみ》は生まれつき口が利けないとか、ふたりのやり取りは二泊三日の道中、足を休めた折りの筆談だけだった。

七海僧は故郷の村で、空也が大台ヶ原で困らぬよう十日分はありそうな食い物や寒さよけの鹿の毛皮や綿入れまで竹籠に入れて持たせてくれた。これもまた座主修光師の命だという。この竹籠は又兵衛の手代の康吉が常に背負っていたものだが、室生寺に着いて普請代の一部の五百両を納めればもはや京への帰り道には不要ということで空也のために本堂に残されていたものだ。むろん又兵衛のはからいだった。

竹籠の中に防寒具の綿入れだけでなくどこで得たか革足袋《かわたび》、さらには着替えの褌まで入れられているのを知った。革足袋はなんとぴたりと空也の足に合った。さらに又兵衛からは最後の武者修行の旅に出る空也に宛てて五両の金子とともに置き文が入っていた。

「空也様、楽しい旅でございましたな。

武者修行の最後の地、大台ヶ原は大和のなかでも一段と険しい山と聞いております。若いながら百戦錬磨の空也様に隠居爺が申し上げるのもお節介とは存じますが、ご両親、お身内のために気を付けて武者修行を終えてくだされ。

坂崎磐音様には勝手ながら空也様の近況を伝えるべく、嫡子にお世話になったお礼かたがた文を出させてもらいます。

同梱の五両、宇治より五百両を密やかに御護りくだされたことへの細やかなお礼にございます。大台ヶ原の修行のあと、高野山麓の姥捨の郷までの費えにしてくだされ。姥捨の郷逗留後、江戸への帰路、京に立ち寄ることがあれば、必ずや四条大橋西詰の袋物問屋かつらぎを訪ねてくだされ。姉様といっしょに歓迎いたします」

とあった。

四年を超えた武者修行は、剣技の向上よりも剣術一筋では知り合いになり得ぬ又兵衛のような人々との出会いこそが財産と空也は改めて思った。

狭くて急峻《きゅうしゅん》な大台ヶ原の稜線はこの先、というところで七海と別れた空也は、七海に筆談で教えられた巨大な檜の洞《ほら》に入り、大台ヶ原独り修行の一日目の宿とした。

この古木、雷に打たれて裂けてしまい、人ひとりならなんとか腰を下ろして休め、寒さが凌げる洞が生じたのだ。

七海は、室生寺に修行に出る前、よく大台ヶ原にきて独り時を過ごしていたという。そんな折り、見つけたのがこの檜の洞だったと、教えてくれた。

季節は冬だ。

大台ヶ原を訪ねる郷人も旅人もいまい。

翌未明から余分な荷は洞に置いて破れ笠《やがさ》を被り、鹿皮の袖なしを着込み、革足袋に草鞋を履いて武者草鞋とした足元を固めると、木刀を手に雪で固まった大台ヶ原の山道を走り始めた。

雪は相変わらず静かに降っていた。


江戸・神保小路。

尚武館坂崎道場に大和国から書状が届いた。

「おや、空也さんに関わりがある文かのう」

三助年寄りのひとり、門番の季助《きすけ》が受け取り、道場で稽古指導中の坂崎磐音に届けた。

「過日のご隠居、又兵衛様とは違う書体じゃな。おお、速水様、室生寺の座主和佐又修光師おん自らがそれがしに文を下されましたぞ。ううーん、先日、ご一統様にはお集まりいただいたばかり、たびたびお呼びたてするのも恐縮ですな、どうしたもので」

と見所の速水左近を見て、文を翳しながら磐音が己の気持ちを告げた。

「おそらく過日の隠居どのの文と大きく事情は違うまい。磐音どの、われらと道場の門弟衆の限られた者で室生寺の座主からの書状を読んだのち、新しき事実があれば馴染みの方々にお知らせするということでどうであろう」

と左近も磐音の気持ちを受け止めた。

そんなわけで朝稽古が終わったあと、坂崎一家と限られた門弟衆が集まり、封が披かれた。

「先日の文と同じくそれなりの長い書状にござる」

と前置きした磐音が文を読み始めた。

「尚武館道場坂崎磐音様

表書きに認めましたように私、女人高野の室生寺座主和佐又修光にございます。貴殿の嫡子坂崎空也様はわが室生山においての三七・二十一日の修行を無事に終えられましたことお知らせ申します。大変めでたき仕儀かと存じます」

磐音が言葉を止めて一同が、うんうん、という風に頷いた。

「いよいよ空也どのの武者修行も終わりに近づいてきましたな」

と速水左近の次男米倉《よねくら》右近が洩らした。

「長い四年、いやもはや寛政十一年の師走ゆえ四年半か。十六歳から二十一歳、ようも頑張られたわ」

とただ今尚武館坂崎道場の現役門弟の古手にして師範代の川原田辰之助が右近に応じた。

その問答を聞いた磐音が頷き、先を続けた。

「坂崎空也様とは、愚僧、室生寺修行が終わったのちに初めて面会しました。と申すのも空也どの、室生山の奥之院御影堂の離れの小屋にて寝起きされておりましたで、会う機会がございませんでした。

わが修行僧もお山修行が終わった折りは、なんとも無垢にして爽《さわ》やかな顔をしておりますが、空也様もさよう無欲無私のなかに満足感と厳しさを漂わせたよきお顔にございました。

愚僧、そのお顔に接し、なんとも厚かましき願いを乞いましてございます。

はい、室生寺ご本尊如意輪観音菩薩様に直心影流の奥義『法定四本之形』の剣技奉献を願ったところ、空也様は快く願いを聞き届けられました」

と磐音が文を読む口を止め、しばしその模様を推量するような顔をした。そして、

「失礼をいたしましたな。つい、空也の『法定四本之形』がこの武者修行で変わ

ったかどうか、考えました」

「磐音どの、想像の外《ほか》に考える術《すべ》はないが、当然、十六で理解した奥義とは変わって進歩していよう」

と左近が言い切り、ふたたび磐音が文に戻った。

「信仰の場における奥伝《おくでん》と剣術界における極意実践には違いがございましょう。愚僧、尚武館坂崎道場の主にして父御である坂崎磐音様にお許しもなく空也様に願い申しましたが、空也様は快くわが願いを聞き届けてくださいました。

愚僧からみれば孫同様の若い空也様の直心影流の極意解釈に私、身を震わせて感動いたしました。信仰と剣術、分野は違えど心は通じるものです。

坂崎磐音様、わずか四年半余の真言宗修行の研鑽《けんさん》では、室生寺の修行僧も空也様の域にまず達しませぬ。ともあれ空也様の直心影流奥義の形と動き、愚僧に永久を感じさせてくれました。それにしても坂崎磐音様にお断わりもせず空也様に願った勝手な振る舞いをお詫び申し上げたく書状を認めており申す。

空也様にはなんらの罪もあらじ、偏《ひとえ》に愚僧が責めを負うべき所業、坂崎磐音様に遅まきながらお詫びを申し上げます」

磐音が文から視線を外して顔を上げた。

「おまえ様、空也の武者修行はよき方々に恵まれておりますな。なんと幸せな武者修行でございましょう。女人高野で有名な室生寺の高僧様からかようなお言葉を頂戴しようとは、こんの胸は震えております」

と母親が洩らした。

いつもは兄の武者修行ぶりをあれこれと論《あげつら》う実妹の睦月が修光僧の言葉を無言で深慮していた。

「有難き出会いにただただ感謝するしかないわ、のう、おこん」

はい、と頷き涙を堪《こら》えるおこんの膝に睦月が手を添えた。

「ご一統様、たびたび中断して申し訳なし」

と詫びた磐音が読み始めた。

「坂崎磐音様、空也様は最後の武者修行の地、大台ヶ原に参られました。

かの地は紀伊山地のなかでもひと際険阻にして雪雨多き険しき所にございます。ひと月に三十五日雨が降ると申します。ただ今の季節は雪でございましょう。ゆえに室生寺の修行僧のひとり、大台ヶ原の麓から参っている者を道案内につけましてございます。むろん空也様が修行なさる大台ヶ原に立ち入ることは禁じてございます。

その若い僧侶が戻ってきまして、旅の道々の問答を筆談にて報告いたしました。この者、生来口が不都合の者にございます。空也様とこの者も筆談でございます。

精々夏の間に杣人《そまびと》か猟師が立ち入る程度の大台ヶ原に旅籠や民家はありません。道案内の七海僧は子供のころからよく知る檜の老木、これには雷に打たれてできた大きな洞が幹元にあるそうで、この洞を大台ヶ原の住処《すみか》として空也様に教えたそうです」

磐音が読む文の途中で、

「おまえ様、空也は寒さ厳しい険阻な山奥で古木の洞暮らしにございますか」

とおこんが不安げな声で訊いた。

「おこん、座主どのの言葉を聞いたであろう。われらが知る倅ではないわ。四年半余の修行が無駄ではなかったと申される言葉どおりに父親にして師匠のそれがし、受け止めたいわ。大台ヶ原は空也自らが決めた修行最後の地じゃぞ」

「いかにもさようでした」

夫婦の問答のあと、磐音は文面に戻った。

「七海が認めた文句にございます。『空也様はあらゆる自然界の厳しさを受け止め、過ごされてきた若武者です。きっと大台ヶ原も存分に楽しんで高野山の麓姥捨の郷に参られましょう。そして江戸のご両親、門弟衆のもとへ』。この七海の言葉を愚僧も信じております。

長い文になりました。

新玉の寛政十二年が坂崎家と門弟衆にとって良き年でありますよう祈願しております。

大和の地真言宗室生寺座主和佐又修光」

磐音がついに読み終えた。

「又兵衛様の文もこたびの室生寺座主様の書状も、わが家の宝にございます」

とおこんがぽつんと洩らした。

「師匠、この文、やはりいつもの面々にも伝えるべきかと思います」

と睦月の夫の中川英次郎が言った。

「磐音どの、英次郎の申すことにそれがしも賛成いたす。その前にこの書状、いや、又兵衛の文とともに明日まで貸してくれぬか」

「おや、どうなさいますな、速水様」

と磐音が問うた。

「女人高野の室生寺の座主の文と又兵衛の書状、上様にお見せしてはならぬか。このところしばしば上様は『空也はどうしておる、空也の武者修行は終わらぬか』とお尋ねになるでな」

との言葉に頷いた磐音がしばし沈思し、

「過日の又兵衛隠居とこたびの座主の文二通、上様にお読みいただきましょうか」

と言った。

四

空也は寒さで眼を覚ますと鉈《なた》を腰に差し、木刀だけを手にして古木の幹にできた洞を出た。破れ笠の紐を固く結び、武者草鞋の足を雪のなかへと下ろした。まず辻堂山麓を目指す。

空也は辻堂山の頂がおよそ四千三百余尺（千三百九メートル）と七海に聞いていた。雪で真っ白に染まった山道から谷へと転落せぬように無心に早駆けした。もはや空也の脳裏には時の経過も大台ヶ原がどれほどの距離かの感覚もない。

「どこからどこまでが大台ヶ原か、存じませぬ。空也様が感じた始まりから進み始めた山道に終わりが見えたと覚えたとき、それが大台ヶ原です」

と七海が筆記し、

「いいですか、郷の時間《とき》や空間《ところ》はこの大台ヶ原ではなんの意味もありません」

と書き添えた。

その言葉を信じて辻堂山麓を目指した。どれほど雪道を登ったか、山の頂に空也は辿り着いたと思った。雪が降るなか、足を休めることはない。

七海の郷で食い物を調達した折り、囲炉裏の焔《ほのお》で炙《あぶ》った猪《いのしし》の干し肉やねぎなどを大量に入れてくれた。

洞を出る折りに干し肉を五つ六つ懐に入れてきた。その一片をしゃぶりながら山を下りだした。

山の頂を出ると雪が横手から襲ってきた。

空也は木刀を振りながら体を痛めつけた。いや、そうすることで体温を保った。どれほど歩いたか、河原に下りていた。七海が手書きの絵地図にシシ淵《ぶち》と書いた河原がここか、この河原には厳粛な気が支配していた。

雪の向こうにニコニコ滝が見えた。

「ここには秋口に大雪に降り籠められた杣人が死を覚悟したとき、見たという夢の言い伝えがあります。

　杣人はシシ淵の岩場の一角から湯けむりが漂っているのを見たそうな。大台ヶ原には、温泉などありません。しかし死を覚悟した杣人は河原を這《は》って湯けむりに身を投じたのです。岩場の穴にぬるい湯が湧いていたそうな。杣人はふた晩湯に身を浸け、喉《のど》が渇けば雪を舐めて過ごしたそうです」

　七海と空也のやり取りの筆記は滑らかだった。

「杣人は助かったのですか」

「助かって郷に戻ったのです。そして郷人にシシ淵の湯で助かったと話すと仲間たちは、シシ淵に温泉など湧いておらん。おまえは寒さに夢か幻を見たのだと信用してくれませんでした。空也様、このシシ淵のことを覚えておいてください」

と七海は筆談で書き加えたのだ。七海との最後の夜のことだ。

　確かに湯けむりなどどこにも立っている風はなかった。

　この日、シシ淵から一刻ほど進んだ辺りで洞へと引き返した。洞のなかで小さな焚火《たきび》を熾した。火打ち石も七海が用意してくれていた。

　なんとか手だけを温められる焔がいま空也を生かしていると分かった。少しだけ体が暖まると小鍋に最後の握り飯と味噌を焔で温め、猪の干し肉を入れて雑炊にした。武者修行の間は一日一食で十分に生きられることを空也は承知していた。

小さな焚火の焔を絶やさぬように綿入れを被って寝に就いた。

翌日はさらに大台ヶ原の山道を頂の南東と思しき方角に向かって進み、七ッ釜《ななかま》滝《だき》よりさらに一里ほど雪の険しい山道を進んだところで木刀の素振りを一刻半(三時間)ほど続け、塒の洞に引き返した。

雪は相変わらず昼夜を問わず降っていた。

この朝、目覚めた空也は七海が竹籠の中に残してくれた筆談の文句を思い出していた。

「空也様、紀伊山地は修験者の霊場であり参拝道にございます。

修験者にとって大台ヶ原の山々も神仏の『顕現《あらわれ》』にございます。かの者たちにとって大峯《おおみね》は一心不乱に修行に没頭する奥駈《おくがけ》修行の場でございます。

掛《か》け念仏『懺悔《さんげ》懺悔《さんげ》、六根清浄《ろっこんしょうじょう》』は、文字どおりわが身の宿業《しゅくごう》を悔いて神仏にひれ伏すことだと聞いております。

空也様が念願とした大台ヶ原は、武道における奥駈修行の場かと存じます。奥駈修行の折り、掛け念仏の『懺悔懺悔、六根清浄』を唱《とな》えて、空也様の現身《うつしみ》を大台ヶ原の山々とひとつにしてくだされ。

六根とは、眼、耳、鼻、舌、身、意だそうです。聖なる山に六根が浄《きょ》められる心持ちになるというのです」

シシ淵の温泉といい、奥駈修行の修験者の話といい、大台ヶ原には神秘に満ちた話が伝わっていた。

空也はこの四年半の武者修行で、江戸では信じられないこともこの世では起こりうると体験から考えていた。いや、空也の生まれが内八葉外八葉の山並みに囲まれた姥捨の郷ゆえ、都では考えられないようなことも信じることが出来るのかもしれなかった。

雪道との格闘は続いていた。雪の山道を歩くコツを空也は覚えて、場所によっては早駆けすることもあった。

この未明、雪が小降りになった。

空也はいつも以上に仕度に手をかけて洞から出ると小奔りに千尋滝《せんぴろたき》、シシ淵、七ッ釜滝からいよいよ狭く険しい林道に入り、大台ヶ原の南東の尾根道から日出ヶ岳を眺めて引き返した。

帰路、何日ぶりだろうか雪が止んだ。

小奔りに駆ける空也の頭上を一羽の鷹が飛んでいた。

(大台ヶ原の鳥獣たちも雪が止むのを待っていたか)

と思いながらひたすら馴染みになった古木の洞に戻ることを考えた。


「若、千代丸の飛び方がおかしいぞ。山うさぎでも見つけたか」

「違うな」

「なにがあった」

「坂崎空也を千代丸が見つけたのよ」

「やはり、あやつ、大台ヶ原にやってきたか」

「おお、何日も前からこの界隈まで山道を走り、木刀を振りまわしているのよ」

「あやつ、若が待っておるのを承知か」

「それはどうかのう。だが、大台ヶ原にこの伊勢神宮正木嶺分社のような建物など他にあるまい。坂崎空也はどのようなところで寝ておるか」

「なに、若は坂崎空也の身を案じておるか」

「それがしの武者修行の最後の相手ぞ。晩年を息災に過ごした相手と戦いたいではないか」

「元気な相手よりくたびれた相手のほうが楽じゃぞ。おお、そうか、坂崎空也に十両の持ち合わせはないな。金子を持たぬ相手でも元気がいいか」

「伴作、われらの武者修行は何年になったな」

「五年は超えたな。六年も旅暮らしをしてきたか」

「さような武者修行じゃぞ。彦次郎の最後の相手が半病人ではつまらんわ」

「若、勝つな」

「勝ち残るのは佐伯彦次郎じゃ。ゆえに名勝負でのうてはつまるまい」

「冬の大台ヶ原で尋常勝負に及んでも、だれにも知られぬぞ、若」

「伴作、そなたと千代丸、そしてこの佐伯彦次郎が承知じゃ。かような勝負は宮本武蔵《みやもとむさし》と佐々木小次郎《ささきこじろう》の船島《ふなしま》勝負のように、いつしか世間に広まっていくものよ」

「そうか、あの武蔵と小次郎の勝負も見る人はおらなんだか」

「さあてな、身罷った剣術家になぞ関心がないわ」

「若、大台ヶ原というても広いぞ。どこで待ち受ける」

「さあてのう、どうしたものか」

「わしが文を届けるか」

「わざわざ知らせる要もあるまい。坂崎空也と佐伯彦次郎の勝負、自然の成り行き任せよ。どちらにしても戦わねば大台ヶ原を下りられぬ」

「わしら、もはや広島城下には帰れぬのう。大台ヶ原を下りたらどこに住むか」

「江戸に出て尚武館を貰いうけてもいいな」

「なに、若は倅と戦ったあと、父親と勝負をなすか」

「思い付きじゃ。が、それも悪くはないな」

と彦次郎が言い切った。

「そろそろ大晦日《おおつごもり》が迫っておらぬか」

「さあな、われら、暦も分からぬ暮らしをしておるわ。正月は郷で過ごしたいのう、若」

伴作が言ったが彦次郎はなにも答えなかった。

空也はその未明、残りの米を土鍋に入れて小さな熾火でめしを炊いた。干し肉の数片と残りの生卵ひとつを入れて粥とも雑炊ともつかぬ食い物ができた。もはや食料はない、空也はそのことを考えぬことにした。

（ただ今為せることのみを考える）

合掌すると洞で食する最後の食い物に感謝した。ゆっくりと食べていると夜が明けてきた。

雪が何日ぶりか小やみになっていた。

もはや大台ヶ原に入って何日経ったのかも分からなかった。

七海は言った。

大台ヶ原では時の経過も関わりがないと。己が三七・二十一日の満願と思うときが大台ヶ原の修行の終わりだと。

丁寧に武者草鞋を履いた。破れ笠を被り、鹿皮の袖なしを着た。

雪の早駆修行に鉈を腰に差し、慣れた薩摩の木刀《ぼっと》を相変わらず手にした。愛刀修理亮盛光と脇差は洞の上の幹の割れ目に隠してあった。

小降りになった大台ヶ原の山路を大日嵓、千尋滝、シシ淵の河原を横目に七ッ釜滝と過ぎて高みの山路に入った。

するとふたたび雪が激しく降ってきた。

もはや時の感覚はない。雪の大台ヶ原の稜線を早駆けすることに没頭した。雪に埋まったクマザサを分けて空也は駆けた、奔った。

(奔れ、止まるな、ひたすら奔れ)

と己を鼓舞した。

雪に染まった五千余尺（千五百二十九メートル）の経《きょう》ヶ峰《みね》が左手にちらりと見えた。大台ヶ原の山並みは激しく降る雪が隠していた。ひたすら己の経験と武人の勘を信じて山道を進んでいく。

最高峰日出ヶ岳五千六百余尺の斜面に達したと考えたとき、空也は雪が積もった斜面に身を投げた。

七海の言葉を思い出して、

「懺悔懺悔、六根清浄」

と唱えつつ、雪に染まった体で立ち上がり、何歩か進むとまた雪の斜面に身を投げた。

聖なる大台ヶ原が空也の六根を浄めてくれた。

空也は雪をまとった日出ヶ岳に六根を浄めながら、ひたすら立ち上がり、数歩進んではまた身を投げた。

ふと気付くと雪が止んでいた。

虚空を一羽の鷹が飛んでいた。

いつか見た鷹か。

立ち上がったとき、世界が一変していた。

空也は大台ヶ原一の日出ヶ岳の山頂に立っていた。四周に雪を被った山々が見えた。

「なんと美しき光景か」

と呟いたとき、

「坂崎空也じゃな」

との声がかかった。

うむ、と振り返ると雪のなかに京友禅《きょうゆうぜん》の長袖を優美に身にまとった一人《いちにん》の武芸者が立って空也を見ていた。

「あの鷹の飼い主はそなたかな」

「いかにもさよう」

「佐伯彦次郎どのじゃな」

「それがしを承知か」

「旅の道中、そなたの名はしばしば耳にしたでな」

初めてこの名を聞いたのは安芸広島藩城下の京橋川《きょうばしがわ》傍らの旅籠の番頭からであった。間宮一刀流の門弟佐伯彦次郎が武者修行に出ている。この者は、

「絹物の衣装姿で下男を連れ、千代丸なる名の愛鷹を伴っての武者修行」

と聞かされていた。またかように贅沢な旅の費えは、道場破りとか。武者修行者から十両を供し、道場側にも出させての十両勝負が武者修行の費えになるとか。

空也は初めて聞いたとき、この話が信じられなかった。

「そなたも武者修行の最中と聞いた」

「果てなき武者修行をいったん止める、その最後の地にこの大台ヶ原を選び申した」

「それは好都合」

「好都合とはなにかな」

「坂崎空也と佐伯彦次郎は、寛政の世にて双璧《そうへき》の剣術家よ。ただし両人が並び立つことはない」

「剣術家として尋常勝負を求めておられるか」

と問い、しばし間を置いた空也が、

「畏まって候」

と手にした木刀を握り直した。

「待った」

と彦次郎が叫んだ。

「われらが尋常勝負をなす以上、薩摩の木っ端《こぱ》木刀などとそれがしの刀を交えたくはないでのう。勝負は、この場。雪が晴れた未明、坂崎空也、大台ヶ原に戻ってこられるか」

「むろん戻ってこよう」

と応じた空也が、

「それがし、十両などという大金は携えておりませぬぞ」

「おお、それがしの旅の費えがどのような稼ぎでなるか承知か。坂崎空也、そなたとの勝負、十両は要らぬ。それより」

となにか言いかけた彦次郎が、

「余計なお節介じゃが大台ヶ原で休める場所があるのか、三度三度のめしは食うておるのか」

「いかにもお節介でござる、佐伯彦次郎どの」

「そのほうの顔を水鏡に映してみよ。戦う前に死相が漂っておるぞ」

「次なる機会には六根を浄めて参る」

ふっふっふふ、と笑った彦次郎が、

「生きて戻ってこよ。われらの勝負、寛政の御世に白眉《はくび》となるでな」
と言い切った。その彦次郎に背を向けた空也は、よろよろと日出ヶ岳を下り始めた。
帰路、この冬いちばんの豪雪になった。
寒さに足も動かず、意識も薄れてきた。
「懺悔懺悔、六根清浄」
を唱えながら吹雪の稜線をわが塒の洞を目指した。
生き永らえる一念で足を動かしていた。が、いつしか雪の山肌にしゃがみ込んでいた。
(坂崎空也、大台ヶ原で身罷るか)
死んでたまるかと思った。
母のおこんの顔が浮かんだ。
(空也、生き抜くのです。そなたは父磐音の嫡子、母こんの倅ですぞ)
と叱咤《しった》の声が耳に響いた。
なんとか立ち上がった。
次に空也が気付いたのは河原だった。

（おお、ここはシシ淵か）

木刀に縋った空也は吹雪《ふぶき》のシシ淵を見廻した。すると岩場の崖《がけ》の一角から湯けむりが上っていた。

（現《うつつ》か虚《うつ》ろか）

七海の言葉を思い返していた。最後の力を振り絞り、湯けむりへと這うように近づいていった。

空也の顔を温かい湯気が撫《な》でた。なんと岩場に穴があった。言い伝えは虚ろではなく現だった。

空也はその穴に入り込み、湯に顔を浸けた。

覚えているのはそこまでだ。

次に意識を取り戻した時、褌一丁でなんとも心地よいぬるま湯に浸かっていた。いつどうやって衣服を脱いだか、記憶にない。

流れのせせらぎが聞こえる河原は闇だった。雪が降っていることだけが感じられた。

空也は岩風呂から這い出すと両手に雪を集めて口に入れた。

（空也様、生きておられますよ）

と娘の声が闇に響いた。

「おお、渋谷眉月どのか」

ふたたび岩の穴に戻った空也は湯に入った。

老檜の洞に戻ったのは翌々日の夕刻だった。

なんと洞のなかに握り飯などあれこれと食い物が届けられてあった。

七海の家の者が届けてくれたものだった。

この行為に感謝した空也は鉈で薪を割り、火を熾して土鍋で雪を温め、味噌汁を調理して何日かぶりに食事をなした。そして、その夜はシシ淵の湯加減を肌身に感じながら眠った。眠りに就く前に、

（シシ淵の湯は、現か虚ろか）

と考え、

（世の中には分からぬことがあるのだ）

と己に言い聞かせた。

五

大雪に三日ほど洞のなかに閉じ込められた。その夕刻、珍しくも見事な晴れ間が大台ヶ原に戻ってきた。

空也は洞のなかを片付け、残った荷を竹籠に詰めて久しぶりに大小を抜いて手入れをなし、翌未明を待った。

予測したとおり晴れやかな気候が戻った。

空也は八つ半（午前三時）と思しき刻限、破れ笠に武者草鞋を履いて竹籠を担ぎ、慣れた山道を早駆けして日出ヶ岳に向かった。

大台ヶ原の洞から日出ヶ岳まで二刻半（五時間）で奔り通した。麓に竹籠を置き、空也は身軽な形で頂に到着した。

山頂から大雪が作り出した白一色の光景と、その先に青く光る熊野灘を見た。

なんとも美しい景色だった。

空也は日出ヶ岳で雪原に坐すと瞑想《めいそう》した。

どれほどの時が流れたか。

頭上を鷹が、千代丸が飛翔する気配がした。

「戻ってきたか」

佐伯彦次郎の声がした。

空也は無言で立ち上がった。

「坂崎空也と佐伯彦次郎の勝負は、『一夜勝負』にはならぬ」

と彦次郎が宣告した。

空也はただ微笑んだ。

彦次郎は他日とは異なる絹物と思しき白衣装をぞろりと着込んで、黒の帯を締めていた。

雪の景色に白衣装は溶け込むことなく際立って見えた。黒帯に朱塗りの拵えの刀のせいか。

「空也、柳生武大夫との『一夜勝負』、そのほうの勝ちであったな」

と確信に満ちた声音で質した。

「武大夫師とは打ち合い稽古を為しただけ、勝ちも負けもございませぬ」

「ほう、ひと夜、不動の対峙をなして勝ち負けがないというか」

「強いて申すならば柳生武大夫様が若い武者修行者に戦いの綾を教えてくれたの

です」

「闇のなかの打ち合いも戦いの綾というか。剣術には稽古であれ勝負であれ、優劣上下は厳然と存するわ、坂崎空也」

「いえ、稽古は稽古、勝負は勝負でござる」

との空也の言葉に彦次郎は無言で答えた。

両者の対峙を、手に愛鷹千代丸を止まらせて遠くから眺める伴作老は、

(この駆け引きの問答、すでに勝負が始まっておるわ)

と見ていた。

しばし彦次郎が無言を保ち、

「そなた、四年半余の武者修行で何番戦ったな」

と質した。

「薩摩東郷示現流筆頭師範酒匂兵衛入道《さこうひようえにゆうどう》様の肥薩《ひさつ》国境の久七《きゆうしち》峠の待ち伏せに始まり、九番を数えます」

「坂崎空也の武者修行は真剣勝負九番にて終わりを告げるか」

空也は答えない。

ただ備前長船派修理亮盛光の鯉口に左手を添えた。

「待ち伏せであれなんであれ、戦いにはそれぞれ曰くがある」
「そなた様は煌《きら》びやかな暮らしの費えを稼ぐためでございますかな」
「そのほう、尋常勝負で金子を稼いだことはないと申すか」
「九番のなかに一文でも金子が絡んだことはなし」
「その口が戦いの綾などというか」
「佐伯彦次郎どの、それがし、この場に十両の金子など持ち合わせておりませぬ」
「空也、それがしにとってもこの大台ヶ原日出ヶ岳が武者修行最後の勝負、もはや金子は要らぬでな」
「十両を賭ける曰くがないと申されますか」
「ほかに曰くが存するでな」
「金子ではなき曰くとは」
「そのほうの腰の刀は、徳川家斉から拝領した修理亮盛光じゃな」
「いかにもさよう」
「それがしの愛刀は千子村正」
「ほう、徳川家に仇をなすと称される妖刀村正が佐伯彦次郎どのの愛剣でしたか」

「曰くがあろう」

「さあて、武者修行に曰くがなきように戦いにも曰くがあるとも思えませぬ」

「ならばなぜこの日出ヶ岳に戻って参った」

「曰くに拘る剣術家佐伯彦次郎どのの最後の勝負、坂崎空也自ら見届けに参りました」

と宣告した空也が修理亮盛光の上刃《うわば》をくるりと下刃《したば》に代えた。

「うむ」

と彦次郎の口から不審の声が洩れた。

東国を主に武者修行したという佐伯彦次郎には薩摩剣法の習わしは初めてであったか。

遠くから眺める伴作の籠手《こて》から千代丸が羽ばたいて虚空へと高く飛翔した。

佐伯彦次郎が空也との間合いを詰めた。

空也もひたひたと生死の境に踏み込んだ。

踵を上げて武者草鞋のなかで親指、人さし指、そして中指の三本で日出ヶ岳の雪の下の地面を捉えて、腰を低くして奔った。ただ無心で奔った。

「朝に三千、夕べに八千」

のタテギを叩く薩摩の古人を真似て素振りをし続けた万余の稽古をこの一撃に込めた。

いつしか佐伯彦次郎の村正が雪原を照らす光に煌めき、空也に向かって頭上から迅速に落ちてきた。

下刃の盛光が抜かれて翻《ひるがえ》った。

光となって雪の原を奔った。

同時に空也の低い姿勢の五体が滑るように左から右に流れていた。

彦次郎の村正が斬り下げられ、空也の斜めに身を移した左肩口を捉えた。

覚悟の前の攻めだった。

打撃には構わず空也の盛光が斜めに斬り上がった。

うっ
と彦次郎が洩らして立ち竦んだ。

「己の身を斬らしてわが身を絶ちおったか」

ゆらり
と彦次郎の身が揺らぎ、立ち直ろうと村正を構えかけた。

千代丸が高みから主のもとへと飛んできた。

「さらばじゃ、千代丸」

彦次郎が洩らし、視線を空也に向けかけたがもはや力は残っていなかった。ゆっくりと日出ヶ岳の頂の雪に顔から斃《たお》れ込んでいった。

江戸・神保小路。

坂崎家の母屋の仏壇に合掌した折り、磐音は久しぶりにあの予感に見舞われた。

（もしや）

この四年半余りに幾たびか感じた胸の悪寒だった。

しばし合掌したまま瞑目し、時が過ぎるのを待った。

なにかが起こったのは確かと思えた。が、磐音はこの胸の震えを事がはっきりするまでおこんにも告げないことにした。

空也はしばらく盛光を構えたまま低い姿勢を保っていたが、腰を伸ばし、盛光に血振りをくれて鞘《さや》に納めた。すると左肩口からぼたぼたと血が落ちて雪を染めた。

空也は、傷口に構わず佐伯彦次郎の骸に合掌した。

どれほど時が流れたか、空也は人の気配を感じた。

両眼を開くと千代丸を籠手に乗せた老人が空也を見ていた。

「いつの日か、かような事態を迎えると思うておりました」

と空也に向けて洩らした。そして、

「そなた様の傷は酷《ひど》うございますか」

「いや、死にはすまいと思う」

と応じた空也は、

「それがしが手伝うことがあろうか」

「いえ、わしらの塒は日出ヶ岳の中腹、伊勢大社正木嶺分社でございましてな、千代丸に文を着けて麓の郷に知らせますれば、郷人が手伝いにきてくれましょう。それよりそなた様の傷の治療をなさるのが先でございますよ」

「相分かった。そうさせてもらおう」

と答えた空也は、別離の挨拶代わりに合掌した。すると脳裏に、

(坂崎空也の十番勝負はあったな。見事なり、そなたの勝ちよ)

との声が聞こえた。

（最後にひとつだけ訊こう。そなた、最初から身を斬らせる心づもりで勝負に臨んだか）

　空也はその問いにしばし間を置き、

（それがし、武者修行に際して一人《いちにん》の遊行僧からひとつの教えを授かりました）

（坊主の教えじゃと）

（捨ててこそ）

（捨ててこそ、じゃと）

（わが名と同じ空也上人の言葉だそうです。それがしの武者修行はこの言葉に支えられてきました）

（なんとのう）

　笑い声が胸に響き、

（坂崎空也、勝つべくして勝ちよったわ）

　彼岸に旅立つ者の気配が消えた。

　両眼を開いた空也は、

「さらばでござる」

と伴作老に言い残すと、肩口から血を垂らしながらよろよろと日出ヶ岳の麓に残してきた竹籠を目指して下っていった。

第五章　懐かしき郷

一

重富利次郎と霧子夫婦に一子の力之助、そして渋谷眉月の四人に案内方を務めた雑賀衆の鷹次の一行が龍神温泉の湯治を終えて無事に姥捨の郷に戻ってきた。二十日余りの湯治はだれもが初めての経験だった。

丹入川《にいりがわ》の岸辺の道から姥捨の郷を望んだとき、利次郎らは直ぐに坂崎空也が十七年ぶりに帰郷した気配がないことを悟った。

しばし無言で自分たちの考えが間違っていることを願いながら周囲の様子を確かめていたが、

「お帰りではありませんね」

と眉月が洩らした。

「うーん、残念ながら戻っておられぬ。われらが先だったな」

「師匠、年の瀬も残りわずかというのに、空也さんは未だ武者修行の最中ですか」

利次郎の言葉に鷹次が受けた。師匠と呼んだのは利次郎がこの姥捨の地での剣術の師匠ということだ。

「武者修行には正月も盆もあるまい」

寛政十一年はあと数日で終わり、新玉の年を迎える。

郷の大広場に青竹に御幣《ごへい》を垂らした正月飾りが見えていた。

「正月飾りが立っておるぞ」

と鷹次が言い、

「さて柳生の庄から大台ヶ原に参られたかのう」

と利次郎が自問し、

「紀伊と伊勢の国境にあると聞きましたが厳しい山地でしょうね。私どもが湯治に参った龍神温泉も紀伊領でしたが、比べようはございませんね」

と厳冬の大台ヶ原を想像する表情で眉月が呟いた。

霧子は三人の問答に加わろうとはしなかった。それだけ弟を想う姉の気持ちを三人は察することができた。

「とうとうわれら、姥捨の郷で正月を迎えることになったな。いや、霧子、それがし、姥捨滞在が不満というのではないぞ。つい神保小路はどうしておるかと考えを巡らしたのだ」

豊後関前藩江戸藩邸に奉公する重富利次郎だが、こちらは関前藩士であるよりも尚武館坂崎道場に帰属する想いが強かった。江戸生まれのせいもあるが、利次郎にとって直心影流の剣術と道場の雰囲気は若かりしころより五体に染みていたのだ。

とはいえ、龍神温泉に逗留中、関前藩江戸藩邸と尚武館の双方には師走と新年の挨拶を兼ねて書状を出していた。

その折り、眉月もまた薩摩藩江戸藩邸の渋谷家に近況を伝え、

「おそらく年越しは姥捨の郷になる」

と知らせていた。

霧子は無言のままに利次郎に頷いた。

一行はそんな姥捨の郷へと旅の最後の行程を歩き出した。すると、尚武館姥捨

道場の外にある露天の湯から子供たちの声が響いた。

「おお、力《りき》ちゃんが戻ってきたぞ」

「姫様もおるぞ」

「師匠、うちの湯より龍なんとかの湯はよかったか」

と子供たちの朗らかな声が一行を迎えた。

「力は、かえりは歩いてきたぞ」

と力之助が子供たちに応じた。

「えらかったな、力ちゃん」

と年上の子供のひとりが迎えた。

「力ちゃん、わしらも姥捨の湯に入らぬか。寒さが吹っ飛ぶぞ」

と鷹次が力之助の手を引き、背中の大きな竹籠を揺らして川辺から姥捨の湯に向かって走っていった。

利次郎と鷹次の男衆が負った竹籠には姥捨の正月に添える龍神温泉で購《あがな》った葛《くず》、麩《ふ》、甘味など食い物の数々が入っていた。

「おまえ様、贅沢にも湯治旅に行かせてもらいました。有難う」

と気持ちを切り替えるように霧子が口を開いた。

「おお、なんとも贅沢であったな。われらが二十日余りの湯治とは、神保小路の面々には想像もできまい」

「おこん様をぜひ龍神温泉にお連れしとうございます」

「いかにもいかにも」

「明日から正月の仕度を手伝いましょう」

と霧子が自らを鼓舞するように力強い言葉を吐き、

「霧子さん、私も手伝います」

と眉月が応じた。


姥捨の郷はすでに正月を迎える仕度がほぼできていた。

利次郎と霧子、そして眉月の三人は年神様と三婆様に湯治の旅から無事に帰着したことを報告し、土産の数々を渡した。

「利次郎さんや、そなた方が戻る前に空也さんが姿を見せるかと思うたが、龍神温泉組が先でしたな」

「年神様、湯治の旅と武者修行では比べようもございますまい。空也どのが姿を見せるのは正月明けでしょうかな」

湯治の報告の続きを霧子と眉月の女衆ふたりに任せた利次郎は姥捨の湯に浸かって、

「おお、龍神温泉もいいが、姥捨の湯も捨てたものではないぞ。旅の疲れと寒さが吹っ飛ぶわ」

と満足げに言うと、

「父うえ、力はうばの湯がいいぞ」

と子供たちと再会できた喜びにか、力之助がこう言った。

「だれかがそう申せというたか」

「父うえ、たかじさんじゃ」

「ふっふっふふ。案内方も浸かり慣れた姥捨の湯がいいか。片道三日もかけて遠くまで出かけたというにな。そのうえ、空也どのも戻っておらぬ」

「利次郎師匠、空也さんは正月明けじゃぞ」

と暮れなずむ姥捨の湯で利次郎と鷹次が言い合った。

翌日、郷では餅搗きをした。

剣術家の力持ち、利次郎が加わったのだ。姥捨の郷じゅうの雑賀衆が集まり、木《き》臼《うす》を五つほど並べての餅搗きだ。なんとも賑やかだった。

内八葉外八葉の山並みに囲まれた静かな隠れ里に新しい年が近づいていた。

江戸・神保小路。

直心影流尚武館坂崎道場も正月の仕度がなっていた。

大勢の門弟衆が交替で二つの石臼を並べて餅搗き競争のように次々に搗き上げた。そして、尚武館の式台前や道場の見所の神棚の下に鏡餅が飾られた。

餅搗きがひと段落したころ家斉の御側御用取次の速水左近が姿を見せ、道場主の坂崎磐音と眼を合わせた。

「磐音どの、相すまぬ。坂崎家にとって大事な二通の書状をひと晩だけ預からせてくれと約定しながら幾日にもなり申し訳なし」

と詫びた。

「いえ、それがしや英次郎どのが門弟衆には文の内容をおよそ説明しておりますでな、案じなさいますな。また年の瀬でございます、上様は大変多忙なみぎり、空也の近況を伝える文を読まれる暇はございませんでしたか」

「いや、そうではない」

と左近が磐音を見た。

「上様がのう、二通の文を読まれた途端、大変上気なされてのう、『左近、この二通の文ともに味わい深い内容よのう。京の老舗の隠居といい、女人高野の室生寺の座主といい、空也のただ今をよう伝えてくれたわ。予にこの文、しばらく貸せ』と申されて、幾たびも読み返されたのだ」

「なんとさようなことが、それがしには信じられませぬ」

「最前、文二通をようやく返されてな、『左近、十六歳の空也が予の与えし修理亮盛光を携えて薩摩入国を企てた折りは、若さゆえの浅慮ぶりに無事に武者修行を成し遂げるかどうか、いささか訝しんだがのう。又兵衛爺の文といい、室生寺修光座主の書面といい、空也の成長ぶりを如実に伝えてくれたわ。左近、磐音に詫びてくれ。二通の文が手放せなくて幾たびも繰り返し読んだとな。この次は文ではのうて空也に直に対面いたすぞ』と申されて残念そうに最前返却なされたのだ」

　磐音は予期せぬ家斉の反応にしばし言葉を失った。

「驚きました。空也の武者修行をさほどにも案じておられましたか。それがし、信じることが出来ませぬ」

「真《まこと》も真なのだ」

「おこんにこの話聞かせたら嬉し涙にくれましょうな」

「おお、自ら養女おこんに話して聞かせようぞ」

と左近がさっさと母屋に向かった。

町人のおこんが磐音のもとへ嫁入りする折り、速水家の養女となり武家方の女子として神保小路の佐々木道場に嫁いできたのだ。つまり速水左近はおこんの養父ということになる。

尚武館道場の正月仕度がほぼ調《ととの》ったのを確かめた磐音は、左近から戻された二通の書状を娘婿の英次郎に預けて、

「そなたがこの文を門弟衆に読み聞かせてくれぬか」

と言い残して左近とふたり母屋を目指した。

こちらも正月仕度がなった坂崎家には、正月用の酒、魚を持参して古い付き合いの両替屋行司の今津屋の当代吉右衛門《きちえもん》と老分番頭の由蔵がいた。

「速水の殿様、ご機嫌麗《うるわ》しゅう拝見しますが、なんぞよきことがございましたかな」

と左近の顔色を読んだ由蔵が質した。

「おお、そのことよ。おこん、今津屋主従、とくと聞け」

と前置きした左近が道場で磐音に伝えた話を未だ興奮冷めやらぬ口調そのままに一段と詳しく語り聞かせた。

茶菓を運んできた睦月もその場に坐して左近の話を聞いた。

「なんと年の瀬に上様のお慶び、わがことのようで喜ばしいかぎりでございますな、おこんさん」

「こんはどうすればようございましょう。文が届くたびにおろおろしている母親にございます。それを公方《くぼう》様が代わりに案じておられるようで相すまぬことです」

と老分番頭とおこんは掛け合った。すでにおこんは左近の話を聞いた途端嬉し涙をこぼして、睦月に手拭いを渡されていた。

「上様は兄の身をさほどに案じておられましたか」

と睦月は想像もしなかった家斉の反応に戸惑いをみせた。いつもとは違う実妹の表情だった。

「睦月さん、上様は空也の薩摩入国の騒ぎの折りも大変な気遣いを見せられたが、あれから四年半もの歳月が流れ、空也の修行ぶりに安心しておられたかに傍目《はため》には思えた。だが、内心では気をお使いであったのだ。まあ、ご自身の孫が武者修行に出ておるように考えておられるのだ」

他日のことだ、と断わった左近が、

「それがしに、『予が空也に修理亮盛光を下げ渡したことが気持ちのうえで負担になったり、盛光を使うことに戸惑いを見せたりせぬかのう』と洩らされたことがあった」

と明かした。

磐音はこの話、初めて知った。

「なんと上様は万が一の場合、下賜《かし》された盛光を抜くのを空也が躊躇《ちゅうちょ》して失態を為さぬかとそこまで案じておられましたか」

「上様はこの二通の文を幾たびも読み返されたとのことであった。磐音どの、まさに爺様が孫の武者修行を心配しておる図ではないか」

「恐れ多くも有難き幸せかな」

と磐音は速水左近に応じた。

公方様は空也と近しく接した又兵衛爺と室生寺座主修光師ふたりの文を幾たびも熟読し、空也の成長ぶりを確かめたという。

一方で磐音はあの朝、剣術家にして父親の自分が感じた五体の震えとともに見舞われた悪寒をどう捉えればよいのか未だ戸惑っていた。

空也の最後になった武者修行を考えてか、母屋の座敷をしばし沈黙が支配した。

磐音だけが坂崎家の身内とは違った考えに苛《さいな》まれていた。

「女人高野の室生寺を出られたことは座主のお言葉で判明しましたな。本日ただ今、空也さんはどちらにおられましょうか」

と今津屋吉右衛門が洩らし、

「旦那《だんな》様、最後の地、霧子さんらがお待ちの姥捨の郷に戻られておりませんかな」

と老分番頭が答えた。

「由蔵、それはなかろう。空也は紀伊山地の修験者や杣人しか入らぬという大台ヶ原を姥捨の郷へ戻る前に訪れる心積もりであろうが。当然室生寺の座主が文を書いた折りから日にちが経っておるわ。すでに空也は大台ヶ原にて独り修行の最中よ」

と速水左近が言い切った。

その瞬間、磐音はあの朝、空也の生死を分かつ出来事が起こったことをはっきりと認識した。

寸毫の間、両眼を閉じた磐音は、この一件をこの場の一統にも告げてはならぬと己に改めて命じた。

大台ヶ原の出来事が空也の身になにをもたらしたか、しばらくは父親の自分のみが受け止めるべきだと承知した。

「おうおう、大台ヶ原なる地を修行の最後の地に決められたのでしたな。修験者だの杣人しか入らぬ山が四年半にわたる武者修行の最後の場所になりましたか」

「それがし、あの界隈の紀伊山地に詳しい田辺《たなべ》藩安藤《あんどう》家の重臣に城中で質したところ、冬の季節には修験者も杣人も決して足を踏み入れぬ地じゃそうな」

「ううむ、さような場所が空也様の武者修行の最後の地ですか」

と由蔵が唸り、

「最初が薩摩の狗留孫《くるそん》渓谷でございましたな。そして、最後の地が大和大台ヶ原、えらい武者修行にございましたぞ。磐音先生、ただ今の尚武館には数多の門弟衆がおられますが、かような武者修行を為した若武者はおりますかな」

と磐音に質した。

「老分どの、かような武者修行は若いうちしかできますまい。また公儀や大名家のご家来衆では四年半余も遊ばせてはくれますまい。まあ、空也のような若さで町道場の一子ゆえ無謀にして勝手気ままな武者修行ができたということではありませんかな」

「磐音先生、空也さんの武者修行は遊びですか」

「まあ、遊びとは言葉の綾です、老分どの」

と磐音が言い、おこんが、

「おまえ様、未だ大台ヶ原に空也はおりましょうか」

と念押しした。

「ううむ、そろそろ大台ヶ原を去ってもよいころかのう。紀伊山地は未だ厳しい冬の寒さが続いておろうでな」

と磐音は答えるにとどめた。

この場のだれひとりとして大台ヶ原の冬模様を想起できた者はいなかった。

「早く空也を霧子さんや眉月様と会わせとうございます」

とおこんが正直な気持ちを洩らした。

同じ刻限、江戸本所北割下水《ほんじよきたわりげすい》の品川柳次郎宅に中間《ちゆうげん》姿の武左衛門がふらりと姿を見せた。

「なに、正月がそこまで来ておるというに品川邸では内職仕事か」

と凧の絵塗りをする幾代《いくよ》と眼を合わせぬようにして柳次郎に話しかけた。

「稼ぎのよい武左衛門宅とは違い、貧乏御家人ゆえ大晦日までかような内職をして一文二文を稼いでおる。武左の旦那、なんぞ用事か」

柳次郎が皮肉で返した。

「おお、そのことよ」

陽当たりのよい品川邸の縁側にどさりと腰を下ろした武左衛門が、

「妙な夢を見た」

「旦那、夢はおよそ辻褄《つじつま》の合わぬものじゃぞ。朝には忘れていよう」

「それがな、実にはっきりと覚えておる」

「ふーん、話してみよ」

と人柄のよい柳次郎が内職の手を休めることなく応じた。

「武左衛門どの、年が押し詰まって酒を呑《の》みとうて、さような手を考えられましたか」

「幾代様、さようなことではないわ。武者修行中の坂崎空也の夢を見たのだ、それが最前も言うたがはっきりとした夢でな」

「話してみなされ」

と空也に関わると聞いた幾代が慌てて絵筆を止めて武左衛門を見返した。

「うむ、どこかは知らぬ。雪が真っ白に積もってまるで千本桜のように見える山の頂でな、空也が足元の白い雪にぼたぼたと血を垂らしておるのだ」

「おい、不吉な話はしてはならんぞ、武左の旦那。まさか、尚武館にこの話、告げたのではあるまいな」

「柳次郎、磐音やおこんさんに話せるものか」

と言った武左衛門に、

「武左衛門どの、よう自制なされた」

と幾代が告げ、

「夢を見たのはいつのことです」

「最初はな、数日前じゃのう。以来、毎日、同じ空也の夢ばかりを見てな」

「な、なんと」

と幾代が応じた。

「どうしたものかのう、幾代様」

しばし黙考した幾代が、

「この話、尚武館ばかりか決して他所《よそ》でも話してはなりませぬ。よいな、武左衛門どの」

「正夢か」

武左衛門の問いに品川母子が顔を見合わせ、

「武左の旦那、空也さんは生きておるのじゃな」

「おう、死んではおらんぞ。左肩辺りから血が垂れて雪山を染めておるわ」

「相手がだれか分かるか」

柳次郎の問いに武左衛門が首を横に振った。

幾代が立ち上がり、武左衛門に、

「武左衛門どの、私に付き合いなされ」

と命じた。

「おい、尚武館はいかんというたのはそなたら親子ではないか」

「川向こうには渡りません。いいですか、私に付き合うてくれたら帰りに酒代を渡します」

幾代の真剣な顔に武左衛門が思わず頷いていた。

二

寛政十二年（一八〇〇）が明けた。

江戸では町火消《まちびけし》が「出初《でぞ》め」と称して火消し道具を持ち出し、梯子《はしご》の上で芸をなすことを競ったがこれを幕府が禁じた。また直参《じきさん》旗本の次男、三男などが華美な衣装を着て遊び場や遊里に出かける風紀紊乱《びんらん》の引き締めを命じた。

どちらにしても景気の悪さを覆い隠すことが本務であった。

神保小路では正月元旦、坂崎磐音は道場において身内と、実家に戻りたくない数人の門弟とで稽古をなした。

昼前には稽古も終わり、尚武館小梅村道場の後見向田源兵衛、客分の小田平助、三助年寄りの松浦弥助も加わり、坂崎家の母屋で屠蘇《とそ》を酌み交わし、御節料理で祝いあった。

その折り、当然のごとく坂崎家の一子の空也が武者修行から神保小路に戻ってくることが話題になった。

「空也どのがどのような若武者に成長しておられるか楽しみにございますな、磐音先生」

とほろ酔いの弥助が口火を切って、

「弥助どのや、空也さんの成長ぶりも楽しみたい。本心はたい、娘の霧子さんが戻って来られるのが嬉しかたいね」

と平助が応じた。

「平助さんや、いまや霧子よりも力之助に会うのが楽しみでな、娘より孫、爺様の正直な心境かな」

「ほうほう、爺様気分な、よかよか。なんにしてんめでたいことたい」

とふたりの爺様が言い合った。

「年の瀬までに姥捨の郷から文は来ませんでしたね、おまえ様」

とおこんが呟いた。

その言葉に頷いた磐音が平静な声音を保ちつつ、

「四年半余の留守は長かったな。豊後関前で別れた旅立ちの日を昨日のようだというが、忌憚なく申せば、実に長かった」

と応じながら次なる文が届く折り、不運を伝える報《しら》せでないことを胸中で祈った。

「おまえ様、睦月から改まって話があるそうです」

「なに、改まってとな」

と磐音が睦月を見た。

「おこん、そなたは承知か」

「なんとのう察してはおります」

いったんおこんに視線を移した磐音が睦月に戻した。

「英次郎様と中川家に正月の挨拶に伺います」

「舅《しゅうと》どの、神保小路を半日ほど明けますが宜しゅうございますかな」

と睦月と英次郎の双方が言った。

英次郎は、坂崎家に婿《むこ》入りしたわけではない。坂崎家の敷地の一角に住みながら、尚武館道場の用人格、道場の運営の全般を任されていた。

実家は幕府の勘定奉行を務める中川家、英次郎の実父中川忠英は師走から三が日と城中の行事で多忙だった。だが、元日の昼下がりは屋敷に帰邸する。その刻限、中川家でも一族郎党が参集して正月を賀すのだ。

「おお、英次郎どの、父上の忠英様に今年もよろしくお付き合いのほどをと、新年の賀とともに伝えてくれぬか」

と磐音は睦月の亭主に願って娘に視線を移した。

「父上、母上、年の瀬にお伝えしようと思うておりましたが、なかなか言い出す機会がなくてこの場になりました」

いつもの睦月とは違う恥ずかしげな表情に、

「睦月、懐妊なされたか」

「なに、睦月に子が出来たか、めでたいことではないか」

とのおこんと磐音の言葉に一座から祝いの言葉が次々に述べられた。

「おめでとうござる。英次郎どの、元日の知らせに忠英様も姑《しゅうとめ》様も喜ばれよう」

と最後に磐音が中川夫妻に子が生まれることを喜び、

(あとは空也がなんとか元気で戻ってくれ)

と胸中で神仏に祈願した。


江戸より遠く高野山の麓の姥捨の郷でも正月を迎えて、京へ丹の商いなどに出ていた雑賀一族の男衆が戻っており、いつも以上に賑やかな隠れ里になった。

元日の早朝、重富一家と眉月は江戸のおこんが送ってきた晴れ着を着て、足元だけは雪道のためにしっかりと足袋草鞋で固めて新しい年を迎えていた。利次郎と力之助はこの日、高野山真言宗総本山金剛峯寺と明神様《みようじん》が祀《まつ》られた伽藍御社《がらんみやしろ》にお参りすることにした。

むろん案内方として鷹次や雑賀衆の男たちが加わり、賑やかな高野山詣でであった。

正月の高野山金剛峯寺本堂では修正会《しゆしようえ》と呼ばれる行事が催される。

その刻限に合わせて姥捨の郷から賑やかに真新しい青竹の杖《つえ》を突いた一行が上っていった。

三歳になった重富夫婦の一子の力之助は、利次郎が、

「力之助、雪道じゃぞ。それがしが負ぶっていこう」

というのを健気《けなげ》にも、

「力は、三つになりました。父うえ、みなと歩いていきます」

と尚武館姥捨道場の年少組の門弟たちに囲まれて、

「めでたやな、めでたやな。正月元旦めでたやな、めでたづくしでめでたやな」

と一同で和しながらなんとか金剛峯寺まで登り切った。

一方、女人禁制の高野山に詣でることができない重富霧子と渋谷眉月は、姥捨

の郷の三婆様や女衆たちとともに、丹生神社、雑賀寺《さいかでら》とお参りし最後に郷の鎮守たる八葉《はちよう》神社に詣でて、姥捨逗留の日々を感謝した。

そして、どの神仏に祈るときも眉月は心の中で金剛峯寺の建立者弘法大師空海上人に向かって、

「高野山の麓の姥捨の郷生まれの坂崎空也様がなんとしても無事に武者修行を果たし終えて隠れ里に戻ってきますように」

と長いこと合掌しながら願った。

江戸を発つとき、眉月は姥捨の郷逗留が年を越すなど正直考えもしなかった。

ふと不安が過《よ》ぎることがあった。

だが静かで清らかなる隠れ里で新玉の年を迎えたいま、

「かような経験は生涯に一度のこと」

と新たな感動に胸が震えた。あとは空也が無事で姥捨の郷に戻ってくることだけが唯一の願いだった。

「まゆひめ、くうやさんはかならずうばすてにもどってくるぞ。力が、空海さまにねがったからな」

利次郎や鷹次とともに元気に初詣でから戻ってきた力之助が、いつまでも八葉

神社の前で合掌を続ける眉月の手を触って言った。

はっ
とした眉月が、

「ありがとう、力之助さん」

と力之助を抱きしめた。

父親の利次郎はそんなふたりを見ながら、賑やかな修正会の人出のなかで昨年末ごろから生じた不安を感じたことをまた思い出していた。

室生寺の修行を終えた空也が紀伊山地の大台ヶ原の最後の独り修行に向かったのは昨年の仲冬《ちゅうとう》ではないだろうか。となるとひと月半はたっぷりと過ぎていると、利次郎は推量した。

武芸者の勘として空也の室生寺籠りは察せられた。だが、師走ごろから漠たる不安に時折り包まれることを霧子にも、むろん眉月にも告げていなかった。

金剛峯寺から戻り、姥捨の郷の鎮守の前で眉月の長い合掌と力之助が寒さに廻らぬ舌で話しかける姿を見て、新たな不安が生じていた。

「眉月様の胸のうちを思うとこの姥捨に誘ったのがよかったのかどうか、霧子は迷います」

との声が利次郎の背でした。振り返った利次郎が、

「姉さんも弟空也さんのことを案じておるか」

はい、と頷いた霧子に、

「そなたの判断に間違いがあろうはずもないわ。眉月様も姥捨の郷の暮らしを楽しんでおるわ。案ずるな、霧子」

「分かっております」

と答えた霧子が、

「空也様は必ずや無事で姥捨の郷に戻ってきます」

と言い添えた。が、霧子の顔にも不安があることを利次郎は察していた。

「ああ、空也さんは、四年半も頑張ってきたのだ。最後まで全力で生き抜かれることをそれがしも信じておるわ。ましてや姥捨に姉のそなたと眉月姫まで待っておるのだぞ。空也さんが戻ってこないなど考えられぬ」

と利次郎は己に言い聞かせ、

「いかにもさようです」

と夫婦で言い合った。

姥捨の郷の正月は穏やかに過ぎ、三が日を祝った男衆の大半が京や大坂の奉公

先に戻っていった。

いつもの暮らしが内八葉外八葉の山並みに囲まれた忍びの里に戻ってきた。

この日、利次郎は力之助を伴い、尚武館姥捨道場で郷に残った男衆や年少組を鷹次と手分けして教えた。ひと段落ついたとき、鷹次が、

「利次郎さんよ、外稼ぎの男衆は年末年始に利次郎さんに稽古をつけてもらい満足して仕事場に戻ったぞ」

と告げた。

郷の男衆もそれぞれの家に戻り、畑の手入れや家内作業に戻った。残ったのは鷹次が教える年少組十五、六人だ。この者たちが力之助の面倒を見てくれて、道場の下を流れる丹入川に仕掛けておいたカゴアミを上げるのに連れて行った。

「いいな、力之助はまだ小さいゆえ流れに落ちぬよう見ておれ」

と鷹次が注意して送り出した。

紀ノ川に流れこむ支流の川では、アオギス、アマゴ、ハゼが棲んでいて道場下の堰《せき》付近ではウナギやドジョウが採れた。すでに力之助は雑賀衆の子供たちに連れられて川遊びを何度か経験していた。

力之助が年少組の男の子ふたりに手をとられて川の土手に下りるのを見送った

「姥捨の男衆は雑賀一族の末裔ゆえ、何日か稽古をするとたちまち業前《わざまえ》を思い出されるわ。さすがは戦場往来の戦士じゃな」

利次郎が、

「わし程度の半端もんがいうのも生意気だがよ、技は思い出しても体力が衰えておるわ」

「それぱかりは致し方あるまい。自前の店の奉公人でも仕事となれば武術稽古の時間は好き勝手にとれまい」

「それに年々老いてもいくしな」

「そういうことだ」

と利次郎と鷹次のふたりが言い合ったとき、

わあっ

という叫び声が起こった。

「とれたぞ、オオウナギが二匹もアミに掛かっておったぞ」

「一匹は大きいぞ、新《しん》ちゃんの腕ほどあるぞ」

と昨日仕掛けたカゴアミにウナギが掛かって大騒ぎしていた。

「鷹次、魚採りは子供たちに任せて稽古をせぬか」

「わしが相手では利次郎さんの稽古にはなるめえ」

「相手がいるといないとでは力の入り具合が違うでな」

「いいか、利次郎さんは力が強いというのを忘れるな。五分の力でと言いたいところだが、三分程度の力で打ち合いを頼む」

竹刀を構え合ったふたりが打ち合い稽古に入った。久しぶりの利次郎と鷹次の打ち合い稽古だ。利次郎は鷹次の力がこの幾月かで確実に上がったことを察した。利次郎との稽古で技量が上がったのだ。

どれほどの時が経過したか。

「おい、力ちゃんはどこへいった」

「おらんぞ」

と子供たちが言い合う声にふたりは稽古を止めた。

尚武館姥捨道場の外に利次郎が飛び出すと、霧子と眉月が御客家から道場へと姿を見せた。

「霧子、力之助はそちらに行ったか」

「えっ、どういうことです、おまえ様」

「川遊びしていた力之助がおらんと堰下から子供の声がしたのだ」

無言で利次郎を見ていた霧子が川へと走っていった。眉月も利次郎も霧子に従い土手下へ向かった。

そのとき、力之助は堰の下流の土手で足を止めて、大きな男を見ていた。父親も大きいがこの者はもっと大きく、若かった。刀を差しているのは侍だ。その男も刀を差し、破れ笠を被って竹杖を突いていた。持ち物はほとんどない。

大台ヶ原の戦いからひと月以上も経ち、空也はなんとか姥捨の郷に辿り着こうとしていた。

佐伯彦次郎から受けた左肩の傷は当初想像していた以上に深刻だった。道中で見かけた一軒宿の温泉に二十数日逗留し、傷を診《み》た宿の老婆が代々伝わる薬草を一日二度塗り、あとは温泉に浸かってだいぶ回復した。なんとか傷口も塞がり、旅を再開して七日目のことだ。

空也は幼い男の子の顔立ちを見て、姥捨の郷の住人ではあるまいと思った。ふと、

（もしかして霧子さんの子か）

と気付いた。

「そなた、名はなんだな」

「りきのすけ」

「ほう、力之助か」

「しげとみりきのすけ」

やはり利次郎と姉の霧子の子だった。

「母上が心配しておるぞ、ひとりで土手に来てはいかんぞ」

空也の言葉に力之助が、あっ、という表情を見せた。独り遊びはならぬと言われているのだ。

「よし、力之助、そなたが郷へと案内してくれぬか。十七年ぶりか、それがし、よう覚えておらんでな」

と言いながら右手を差し出した。すると力之助が素直に手を握った。

「参ろうか」

紀ノ川の支流、丹入川の堰付近では子供たちが力之助を探し回っていた。

「流れに落ちとらんか、岸辺をさがせ」

「どこにもおらん」

と険しい声で言い合うところに利次郎、霧子、眉月に鷹次ら大人たちが堰上に険しい表情で姿を見せた。

「おまえ様、見ておられなかったか」

と普段は落ち着いた霧子の顔付きが引き攣《つ》っていた。

「すまん、鷹次と稽古をしていたのだ」

と夫婦が言い合ったとき、

「あら、力之助さんがどなた様かに手を引かれて戻って参りましたよ」

と眉月の驚きの声がした。

「えっ」

霧子が川の道一ノ口の下流に視線を向けた。確かに力之助はひょろりとした長身の男に手を引かれて何ごとか話し合いながら堰のほうへと歩いてきた。

「何者だ、あの者は」

利次郎が訝しげな声を洩らした。

雑賀衆の姥捨の郷は見ず知らずの人間が容易く入ってくるような土地ではない。隠れ里なのだ。

「竹杖を突いておりますぞ、怪我《けが》をしておるかのう」

と鷹次が利次郎に応じた。

霧子は、

（まさか）

と思いつつも武者修行に出ている「弟」とは到底思えなかった。なにしろ武芸修行四年半の鍛錬をした動きではなかった。なにか病を患うか傷でも負っているような五体と歩みだった。

「空也様」

と洩らしたのは眉月だ。

「えっ、眉月様、弟が杖を突いて、あのような歩き方をするわけもないわ」

と応じながら、力之助は素性の分からぬ者とあのように手をつなぐはずもない、と霧子は思い直した。

「いえ、たしかに空也様です。空也様が姥捨の郷に戻ってこられたのです」

と眉月が言い切った。

その声が聞こえたように杖を止め、破れ笠の顔を上げた男が霧子らを見た。

（なんと）

という驚きの気配が眉月に伝わってきた。

「空也様」

と眉月が大きな声で名を呼んだ。

しばし間があって、

「おお、眉月様も姥捨の郷にお見えであったか」

と空也の喜びの声が伝わってきた。

「真に空也どのか」

と利次郎が念押しした。

「利次郎様もお出ででしたか」

「武者修行は無事終わられたな」

「はい。坂崎空也、かようになんとか生きております」

足を止めていた空也と力之助がゆっくりと歩き出した。

眉月が霧子の手を引くと堰下の一ノ口に走り下って迎えに出た。

「姉上、坂崎空也、ただ今戻りましたぞ」

と懐かしい声音が霧子の耳に届いた。

「弟よ、ようご無事で姥捨の郷に戻られました」

と応じた霧子が眉月の手を離すとその背中を空也のほうに押しやり、

「力之助、母のもとへおいでなされ」

と命じた。

「母うえ、ごめんなさい」

と独りで行動したことを詫びながら力之助が霧子のもとへ駆け寄ってきた。

眉月は空也の前に立った。

「眉月様、それがしの武者修行、これにて終わりました。ご心配をお掛けして申し訳ござらぬ」

眉月が無言で空也を見詰め、最前まで力之助の手を引いていた空也の右手を両手で包み込み、

「ようも眉月のもとへお戻りなされました。お疲れ様でした」

と武者修行の労《ねぎら》を労った。

三

正月半ば、尚武館坂崎道場に京より早飛脚が届いた。大勢の門弟衆の朝稽古が終わり、身内と呼ぶ門弟だけが未だ稽古をしていた。

姥捨の郷に残っていた雑賀衆の男衆のひとりが年神様に命じられて急ぎ京へ戻り、飛脚屋から差し出した早飛脚だった。

受け取ったのは中川英次郎だ。

差出人が重富利次郎とあるのを見た英次郎は道場で朝稽古を指導する坂崎磐音に、舅にして師匠に無言で差し出した。封書の差出人を確かめた磐音は、

「空也が姥捨の郷に戻ったか」

と呟いた。

その呟きを見所で聞いた速水左近が、

「姥捨とな、磐音どの、この場で空也の姥捨入りを確かめなされぬか」

と願った。

ふだんかような問答を道場にある磐音と左近の間でなすことは滅多にない。それだけだれもが空也が姥捨の郷に立ち寄ったという連絡《つなぎ》を欲していたのだ。首肯した磐音が、朝稽古の指導を頼む、と英次郎に願い、慌ただしく封を披いた。利次郎の武骨な文字が磐音の目に飛び込んできた。

「坂崎空也どの、生まれ故郷の姥捨の郷に戻られました」

とあった。

「おお、戻ったか」

との声を聞いた左近が見所から立ち上がり、磐音のもとへと歩み寄った。

「武者修行は無事終わったのじゃな」

「お待ちくだされ」

と言って磐音が文に戻ると、

「磐音先生、空也どの、大台ヶ原にて安芸広島藩浅野家の重臣の子息にして、間宮一刀流剣術家佐伯彦次郎どのとの尋常勝負に及ばれました。十番勝負の最後として戦われ、見事勝ちを得られしが、自らも左肩に傷を負い、大台ヶ原より高野山の麓の隠れ里までひと月以上を要して辿り着かれました」

というところまで一気に黙読し、

「ふうっ」

と大きな安堵の溜息《ためいき》を洩らすと、

「速水様、この書状の続き、母屋のおこんと睦月といっしょに先にお読みくだされ」

と願った。

「うむ」

と頷いた左近が書状を手に足早に母屋へと向かった。

独りになった磐音は尚武館道場の神棚に向かい、深々と頭を下げて拝礼し、嫡子の武者修行が為ったことを感謝した。

「先生」

と声がして拝礼をとくと、英次郎や師範代の川原田辰之助、米倉右近ら空也を知る者たちが磐音を囲んでいた。だれもが空也の身を案じていたのだ。

「英次郎どの、いつものように親しい方々をお呼びしてくれぬか」

「畏まりました」

と応じた英次郎は、しかし直ぐに手配に動こうとはしなかった。

「ご一統、空也は武者修行の最後に十番勝負を戦い、生き残ったようだ。相手は間宮一刀流の佐伯彦次郎どのだ」

と利次郎が認《したた》めた冒頭部分を告げた。だが、空也が傷を負ったことは口にしなかった。

「なんと、あの佐伯彦次郎どのと空也さんが真剣勝負に及びましたか。先生、生き残ったと申されましたが、空也さんは佐伯彦次郎どのに勝ちを得られたのですね」

と辰之助が念押しした。

「利次郎どのの文によれば、勝ちを得られしとあるでな、どうやら空也の武者修行の旅は終わったようだな」

わあっ
と身内が歓声を上げると、稽古をしていた門弟衆も珍しい光景に動きを止めて見所前を見た。

「ご一統、わが義兄坂崎空也どのが最後の十番勝負に、かの間宮一刀流の佐伯彦次郎どのと紀伊山地の大台ヶ原で真剣勝負に及び、勝ちを得たのだ」

と英次郎が伝えると、

「なんと十番勝負の最後は佐伯彦次郎と戦われたか」

「それも勝ちを得たとなると万々歳の武者修行ではないか」

と竹刀を手にした門弟衆が喜びに沸いた。

江戸の剣術界でも、東国を中心に武者修行を続けた佐伯彦次郎の、中間と愛鷹を伴い、絹物の衣装を着て、十両を賭けての道場破りもどきの破天荒ぶりは評判を呼び、その名を知らぬ者はいなかった。

「師匠、即刻手配をいたします」

と言い残して英次郎が道場から姿を消した。その顔には安堵があった。

興奮の体《てい》で稽古を再開しようという門弟に、

「お待ちなされ」

と命じた磐音が、

「空也の武者修行、なんとか事がなったようだが、この際、ご一統に誤解なきよういうておこう。武者修行において大事なことは偶さか戦わざるをえない真剣勝負に非《あら》ず、またその勝ち負けではない。ふだんの地道な修行がどうであったか、その積み重ねということを忘れんでほしいのだ、お分かりかな」

と道場主として諭《さと》す言葉に、その場の門弟衆を代表して辰之助が、

「われら一同師匠の忠言を肝に銘じてふだんの稽古に励みます」

と応じた。


その昼下がり、神保小路の坂崎家母屋にいつもより多くの「身内」が集まった。こたびの文が坂崎空也の武者修行の終わりを告げるものと全員が承知していたからだ。

母親のおこんの顔にはむろん安心感が漂っていた。と、同時にわずかに不安も残しているように身内一同は感じた。

磐音は身内が顔を揃えたのを見て、仏壇から分厚い書状をとり、佐々木家の位《い》

牌《はい》に向かって、

「南無《なむ》大師遍照金剛《だいしへんじようこんごう》」

と唱えて一同に向き直った。

「お身内衆、空也が高野山の麓、内八葉外八葉に囲まれた隠れ里、その名も姥捨の郷に戻って参りました」

と磐音が報告した。むろん大半の身内衆はおこんや磐音の挙動からそのことを察していたが、

「なにより待ち望んだ知らせかな」

との速水左近の言葉に一同が、

「おめでとうございます」

と祝意を述べた。

「京の飛脚屋より届いた書状には、渋谷重恒様と重富家への文が同梱されておりました。まずご両家にお渡しします」

とそれぞれ眉月の手跡と霧子の手らしい文が渡された。

「姥捨の郷の御客家で三人が一刻も早く江戸につくように文を認めている光景が目に浮かびますな」

と述べた磐音の声にも安堵感が漂っていた。

「磐音どの、空也どのは息災じゃな」

と渋谷重恒が娘からの文を手に質した。

「渋谷様、娘御眉月様の文にもそのことは認めてございましょう。渋谷家、重富家への文、それぞれの御屋敷にお戻りになった折り、ご一家でお読みくだされ。この場は、利次郎どのらの手を借りて空也が伝えた十七年ぶりの姥捨帰郷の模様を語らせていただきます」

との磐音の言葉に、

「最前、われらのことを身内と坂崎磐音どのは申されましたな。身内と呼ばれたゆえの甘えと非礼は重々承知でござる。一刻も早く知りたいことがござる。空也どのは筆も持てぬほどの怪我をしておられるのかな」

英次郎の父、先の長崎《ながさき》奉行にして幕府勘定奉行の中川忠英が質した。

「中川様、ご一統をお呼び立てして本論を後回しにしましたな。申し上げます」

と磐音が大台ヶ原で戦われた十番勝負の十番、間宮一刀流の佐伯彦次郎と空也の尋常勝負を、

「一瞬の差であったかと思います。佐伯彦次郎どのは妖刀千子村正を頭上から斬

り下げ、空也は上様から下賜された修理亮盛光を斜めに斬り上げたのが同時、盛光が村正に寸毫早く勝ったようで、彦次郎どのは、『己の身を斬らしてわが身を絶ちおったか』と叫んで身罷ったそうな。が、村正も空也の左肩に斬り込んでおったそうな」

「なんと徳川家に仇をなす妖刀村正と家斉様ご下賜の盛光との戦いであったか」

と中川英次郎が嘆息した。

「磐音」

とこの場で呼び捨てにできるただひとりの人物武左衛門が口を挟んだ。

「わしはその場を見ておったわ」

と言い出した。

だれもが武左衛門がまた頓珍漢《とんちんかん》な話をし始めたかと見た。だが、かような場合、だれよりも早く武左衛門の口を封じる品川幾代と柳次郎母子は無言だった。

「佐伯彦次郎と空也の戦い、ひと月半も前と違うか」

「武左衛門どの、いかにもさよう」

「わしはな、そのころ空也の夢ばかり連夜見てな」

武左衛門の言葉に幾代が無言で頷いた。

「最後の夢はな、真っ白の雪山の景色がなんとも美しいところでな、空也の左肩からぽたぽたと血が落ちて雪原を染める夢であったわ。同じ夢を何日も見たあと、品川母子に相談したのよ。するとな、幾代さんがいきなりわしの手を引いて寺島《てらじま》村《むら》の真言宗蓮華寺《れんげじ》に連れて行き、坊主のなんというたか、幾代様よ」

「修羅坊《しゅらぼう》様よ」

「おお。そやつがわしの夢話を聞くと、空也の無事を願ってひと晩祈禱《きとう》をしてくれたのだ。だが、この夢話と祈禱の一件、品川母子が決して神保小路の一家に話してはならんというでな、その約定は守ってきた。わしはそのあとも蓮華寺に時折り参ってな、祈禱をしてもらっていたのだ。最後の夢は、竹杖にすがってよろよろ歩く空也の姿よ。最前、磐音の話を聞いてな、おれの夢はお告げであった、正夢だったと悟ったのよ」

一座に驚きが奔った。すると磐音が言い出した。

「武左衛門どの、それがしも虫の知らせを感じておった。室生寺の座主修光師の文を頂戴したころか、突然胸が震えて、悪寒を感じることがあった。ゆえに空也になにかがあったことを承知していたのだ。このこと、おこんにもだれにも話しておらぬ。どうやら、それがしの胸騒ぎと同じころ、武左衛門どのははっきりとした夢に苛まれたと思える」

おこんが武左衛門と幾代の前にくると、幾代の手を握り、

「幾代様、そなたと武左衛門さんのお蔭で空也は命を取り留めたのです。倅の命の恩人です、有難うございます」

と頭を下げた。すると幾代がおこんの背をゆっくりと撫ではじめた。

「武左衛門の旦那とうちの母親が組んでよいことを、それも空也どのの命の恩人の役を果たすなんてことがあろうか」

柳次郎が首を捻り、睦月も、

「そのうえ、わが父も一枚嚙んでおられます。なんとも不思議な話でございますが、兄はかように多くの身内の心遣いで無事に武者修行が果たせたのですね、母上」

「いかにもさようです」

と涙に濡れたおこんが顔を上げた。睦月が母親に手拭いを差し出しながら、

「父上、兄はなぜ自らの手で筆も持てないのでございますか。私の舅様の問いに応えておられませんよ」

と言った。

「おお、中川様、失礼しましたな。空也の肩の傷はそれなりに厳しいものであったそうな。大台ヶ原から高野山の内八葉外八葉の姥捨の郷へ、紀伊山地をいくつも越えて西行するには健常の者でも至難な道程だそうです。空也は薩摩剣法の重くて長い木刀を竹杖に替えてよろよろと目指したそうな。天の川《てんかわ》温泉あたりと思しき湯に二十日余りも滞在し、一軒宿の主、老婆に薬草の練り薬を一日に何回も塗布してもらい、湯のお蔭もあって傷がふさがり、肩のつっぱりが薄れてなんとか歩けるようになったのです。当人ははっきりとした記憶にないそうですが、大台ヶ原から姥捨の郷までひと月以上かかったようです。姥捨の郷の御客家の一室にて大台ヶ原の出来事を思い出して告げたあと、白湯を飲んで床《とこ》に就いたそうな。予期せぬ眉月様に姥捨で会って興奮し、利次郎と霧子夫婦の顔を見て安心したか、御客家で四、五日もひたすら眠りこんでいたとか。中川様、そのせいで利次郎どのや霧子、眉月様の三人が空也から聞いた話の断片を文に認め、空也も知らぬうちに江戸への飛脚便に託したのです。おそらく今では左肩の傷も大いに回復しておりましょう」

と磐音が告げた。

「おお、さようでしたか。それを聞いてそれがし、安堵しました。上様はこのこと、未だご存じありますまいな」

と勘定奉行の中川が家斉の御側御用取次に問うた。

「三人が代筆した文が着いたのは最前です。上様には明日にも上様下賜の修理亮盛光が妖刀村正を成敗《せいばい》したとお伝えする心算《つもり》でござる。このこと、磐音どの、宜しいな」

「むろんのことです」

「どうだな、磐音どの。明日、それがしといっしょに上様にお会いしてそなたの口から直にお伝えし、これまでの礼を述べられたらいかがかな」

「おお、それがようござるな」

と磐音と中川の問答に速水が加わり、一座に安堵と虚脱の雰囲気が漂った。

「磐音様、お節介をなしてようございましょうか」

「なんですな、由蔵どの」

と磐音が今津屋の老分番頭を見た。

「本日のうちに姥捨の郷に早飛脚を返信しませぬか。空也さんがさような大怪我を負っているならば、まだ姥捨の郷とやらで静養されておりましょう。うちの大坂の関わりの船問屋の弁才船《べざいせん》を紀ノ川河口に差し向けますがな」

と言った由蔵が主の吉右衛門に眼差しを向けて、

「旦那様、空也さんを含む五人をお乗せして江戸へ向かわせるというのはいかがでございましょうな」

と言い出した。

吉右衛門が鷹揚に頷き、磐音を見た。

「吉右衛門どの、由蔵どの、空也は武者修行の身でござる。つまりこの神保小路に戻ってきた折りに修行は完結するのです。そんな空也に弁才船を差し向けるなど贅沢の極みでございましょう」

と磐音が遠慮し、おこんが寂しげな表情を一瞬つくった。

「いえ、武者修行は姥捨の郷で終わりでございましょう。ゆえに姉様の霧子さんも参られ、眉月様も遠路紀伊国まで出かけられたのではございませんか。また子供の力之助ちゃんや眉月様を怪我人あがりの空也さんといっしょに江戸まで歩かせますかな」

との由蔵の言葉に一同からは賛同の声が挙がり、

「磐音どの、ここは素直に今津屋主従の親切を受けるのがよろしい」

との速水左近の言葉に吉右衛門が頷くと、

「坂崎様、弁才船には江戸に運ぶ品物も積んでございます、つまり商い船でございますよ。遠慮は無用です」

と説得されて、ついに磐音が頭を下げた。

一刻も早く摂津大坂の船問屋に文を書くことになった由蔵が、

「おこんさんや、坂崎家の筆硯紙墨をお借りしますぞ」

と座敷をひとり中座した。

こうなると両替屋行司の今津屋の裏を取り仕切っていたおこんの出番だ。

「本日は空也の怪我が一刻も早く治りますように、また紀伊からの弁才船が一日も早く江戸へ到着しますように、祝いの膳を拵えております。お酒は、今津屋様から四斗樽《しとだる》が届いております。

辰之助さんがた、手伝ってくださいな。台所にある四斗樽を開けてこちらに運んでくださいな」

「おこん様、合点承知之助だ」

とばかり古い付き合いの身内が張り切った。それを見た速水が、

「それがしの養女どのは相変わらず心得てござるな」

「なんとのう、この正月は鬱々《うつうつ》としておりましたがな、尚武館に格別の春が参っ

たようで祝着至極《しゅうじゃくしごく》、それがしも元気が出申した」

と眉月の父親、渋谷重恒が喜色を浮かべた。

「渋谷どの、空也どのの武者修行は薩摩入国が始まりでございましたな。薩摩から紀伊山地の大台ヶ原、なんとも長い四年と七月でございました」

と中川忠英がしみじみと言った。

「いかにもさよう。わが娘は空也どのの武者修行の始まりと終《しま》いに立ち会うことになり申した」

「人の縁とは不思議なものでございますな」

と磬音が応じて、

「うちの老分番頭のお節介癖が主の私に移ったようです。この際です。渋谷家と坂崎家のお考えはいかがでございましょうな」

「おお、空也どのと眉月様の祝言《しゅうげん》ですな」

と最前出番がなかった柳次郎が今津屋吉右衛門の言葉に応じて、

「空也どのの命の恩人眉月様が姥捨の郷に迎えに出ていると知った空也どののがそのことをどう受け止められるか。剣術修行は達者だが、女性《にょしょう》の気持ちを読むのはいささか初心《うぶ》と見ましたがな」

と言い出した。

「柳次郎さん、私が案じるのもその辺りです」

とおこんが問答にからみ、

「そのほうも初心であったぞ。女なんぞはな、押し倒して」

と言い出した武左衛門の口を慌てて柳次郎が塞ぎ、娘の早苗が父親の膝をぐいっと押さえた。

ちょうどそこへ四斗樽と膳が運ばれてきた。となれば身分や職業を越えて賑やかな坂崎家の宴が始まった。

四

空也は姉の霧子、先輩門弟の利次郎、さらには命の恩人の眉月と同じ屋根の下で寝起きできる安心感に五日間もひたすら寝た。そのお蔭で肩の痛みは消え、傷の強張りも薄れていた。

昼夜を問わず床に就いてひたすら眠り込むその間にも強引に起こされた空也は、眉月や霧子ら女衆から鶏卵を入れた御粥や蜂蜜《はちみつ》を木さじで口に入れられた。半覚半睡で得た滋養が痩《や》せた空也の五体を支えていた。そしてまた眠り込んだ。

ときに夢を見た。

一番勝負、肥薩国境の久七峠での酒匂兵衛入道との戦いから十番勝負、大和と伊勢の国境、大台ヶ原での佐伯彦次郎との相打ち同然の勝負まで、戦いの光景を幾たびも繰り返し見た。

姥捨の郷に戻って六日目の未明、目覚めた空也は修理亮盛光だけを携えて御客家を抜けると、八葉神社の社殿の前で、幼いころから学んできた直心影流の奥義「法定四本之形」を、武者修行が無事に終わった礼の意を籠め初心に戻るべく献じ奉《たてまつ》った。

空也は異を感じとった。十番勝負を立ち合って生き残った空也に初めて生じた感覚だった。この歳で空也が初めて感じた疑問だった。

(剣術修行とはなにか)

ゆったりとした奥義の動きを御客家から見ている者がいた。

利次郎だ。

(一見空也の傷は治ったかにみえるが、そう容易くは完治しまい)

とみた。

ゆったりと体を動かした空也は修理亮盛光を鞘に戻した。

ふうっ

とひとつ息を吐いた空也は丹入川の土手へと下りると川の道一ノ口を高野下に向かって奔り出した。細い体は大股で土手を飛ぶように奔り抜けた。

（な、なんと奔っておるわ）

利次郎は仰天した。

（それがしは空也どのの真の力を知らぬか）

利次郎の戸惑いをよそに空也の姿は瞬く間に見えなくなった。

この朝から空也は未明に起きると何本か絡み合うようにある高野山参拝道の町《ちょう》石道《いしみち》のひとつを選んで奔った。利次郎は密かに空也のあとを追ったが、たちまち置いてきぼりを食うことになった。

空也の奔りは違和への抗いだった。無用な抗いに利次郎は気付かなかった。

（四年七月《ななつき》余の武者修行の成果は左肩の傷では失せはせぬか）

丹入川から高野下で竜王渓《りゅうおうけい》に出て九度山から舟戸河湊で女人高野の万年山慈尊《まんねんざんじそん》院《いん》に参り、雨引山《あまびきやま》から一番長い町石道に出ると二ツ鳥居から大門《だいもん》へと辿り着き、不動坂女人堂《ふどうざかにょにんどう》を横目に京大坂道《きょうおおさかみち》の不動坂へと駆け上がった。休むのは朝餉と昼餉《ひるげ》を兼ねてめし屋で食する折りだけだ。

高野山を左手に見て極楽橋《ごくらくばし》から山道をひたすら紀ノ川との合流部まで奔り抜けて、七つ半（午後五時）の刻限には姥捨の郷に戻ってきた。そして、河原の湯に飛び込んで汗を流した。

「空也はん、元気にならはったな」

と雑賀衆の年寄りが笑いかけた。

「それがしはこの郷の生まれです。雑賀衆の血が流れております」

と笑顔で応じたが、空也のなかで剣術修行の疑問は日に日に大きくなっていた。

そのことをだれにも知られてはならないと空也は思った。

「数日前、十七、八年ぶりに戻ってきたときには竹杖にすがってよろよろしていたがや。ありゃ、わしらを騙しておったか」

「いえ、あの姿は真です。この姥捨の郷の気と皆さんの親切が治してくれたのです」

「おお、それでこそ雑賀一族の戦士やぞ」

と年寄りと問答する空也を利次郎は無言で見ていた。

霧子と眉月が空也の着替えを持ってきて河原の湯に浸かる怪我人を見た。

「眉月様、弟は元の元気を取り戻しましたぞ」

「私どもが空也様のお口にいささか強引に入れたのは卵入りの御粥や蜂蜜などでした。空也様は武者修行の道中で滋養になる物をなにか食していたのでしょうか」

「私たちの知らない空也ですね、それが武者修行の成果かと思いますが、眉月様、詮索してはなりません。いまは黙って見ているしか手立てはありません」

と霧子がいい、眉月がしばし考えて頷いた。

「九度山に行っていたうちのおっ母さんたちが戻ってきたぞ」

川の道一ノ口を見ていた鷹次の年少門弟の秀丸《ひでまる》が大きな竹籠を担いだ女衆に、

「おっ母《かあ》、なんぞ土産はないか」

と叫んだ。

「秀《ひで》、剣術の稽古ばかりしていたんじゃねえか。眉月様から字は教わったか」

と手拭いで汗を拭った女衆のひとり、秀丸の母親おかねが質した。

「おお、今日は、霧子先生と眉姫様に習ったぞ。わしの秀の字は太閤秀吉《たいこうひでよし》様の秀と同じじゃぞ。おっ母、知っておったか」

「秀吉様の秀なんぞつけたから、ろくな子に育たんわ」

と叫ぶおかねに、

「おかね様、秀丸さんは賢いお子ですよ。従妹《いとこ》のおみよちゃんにツケ文を書いて渡しました。そう、字の誤りはいくつもありましたが、秀丸さんの想いが十分に伝わる文でございました」

と眉月が笑いながら告げると、おかねが、

「呆れたわ。おみよはまだ四つじゃがな。字も読めまい」

「字は読めなくても可愛《かわい》い娘御です」

思いがけず幼い秘密を河原の湯でばらされた秀丸が、

「おっ母、ありゃ、字の稽古やぞ」

と言い訳したが河原の湯の男衆が大笑いしたので秀丸は湯のなかに顔まで潜った。

おかねがそんな男衆ばかりの湯に上がってきて、

「利次郎はんに文がきておるぞ」

と懐に入れた文を出した。九度山の舟戸河湊の川舟問屋気付で、重富利次郎に摂津大坂の船問屋から差し出された文が届いたという。隠れ里の姥捨には飛脚屋は入れない。だが、隠れ里の外にかように用を足してくれるお店が何軒かあった。

「うむ」

と受け取った利次郎が、

「たしかにそれがしに宛てられた文だが、船問屋の知り合いはおらんぞ」

と首を傾げた。

「おまえ様、そなたが知らぬともあちら様はご存じですよ。まずはお読みなされ」

と霧子が言った。

「そうか、あちらがな」

と言いながら河原の湯から上がって手拭いで両手を拭い、浴衣《ゆかた》を羽織って、封を披いた。

空也がそのかたわらにやってきて文を聞く構えをとった。すると霧子と眉月も河原の湯に下りてきた。

姥捨の郷の河原の湯は、大らかで広い湯船で男女が混浴した。

利次郎はすべての身内が集まったことを確かめ、さて、読みますぞ、と告げた。

「なになに、うちは江戸の両替屋行司今津屋様と関わりのある摂津大坂湊の船宿佐野屋《さのや》にございます。

こたび、今津屋の老分番頭由蔵様のご用命にて、うちの弁才船を紀伊藩領地紀ノ川河口湊に向かわせ、重富利次郎様霧子様夫妻および一子の力之助様三名、坂崎空也様および渋谷眉月様両名の五名を乗船させて、江戸佃島《つくだじま》沖に急行せしめよとのこと。

本月二十一日に紀ノ川河口湊に到着せしめる淀川《よどがわ》二丸が都合よろしきかと考えておりますが、いかがでございましょう。ご返信くだされ」

と読んだところで利次郎が顔を上げて空也を見た。

「それがし、ご存じのように武者修行は概《おおむ》ね終わりました。あとは江戸の神保小路に戻り、両親や門弟衆に挨拶すればことが済みます」

と応じた空也が、

「霧子姉、眉月様、ご両人の都合はいかがですか」

「私、帰りは東海道をとことこと下って江戸入りすると思うておりました。帰路も船旅とは贅沢ですね」

と眉月が言った。

「なに、眉月様がたは江戸から姥捨入りも船であったか」

「弟よ、そなた、船旅と徒歩にての江戸入り、どちらが望みですか」

と霧子が質した。

「紀ノ川を下って和歌山城下の河湊から江戸へですか。江戸から豊後《ぶんご》丸《まる》に乗って豊後関前を初めて訪れたのは寛政七年の夏、武者修行に出る前のことでした。あの海を見るのは、そのとき以来のことです」

「ならば決まったな。出立まで七日か、よし、九度山舟戸河湊の船宿から大坂へ、和歌山城下の河湊で待つと返信を送ろうか」

との利次郎の言葉で一同の江戸帰着の予定が急になった。

「おい、利次郎さんがたよ、姥捨の郷から不意に立つのか、寂しくなるではないか」

と鷹次が言った。

河原の湯の雑賀衆の郷人たちもみな同じ気持ちで黙り込んだ。

「鷹次どの、えらく世話になったな。姥捨のご一統様、そなたらが江戸に来る番じゃぞ。われらが世話をするでな」

利次郎の言葉に鷹次らが無言で頷いた。

その夜、空也は京の袋物問屋かつらぎの隠居又兵衛と室生寺の修光座主に宛てて、高野山の麓の隠れ里から江戸へ帰ることになった旨の書状を認め、江戸での再会を願った。

空也は高野山奥之院に三日間籠った。

この地は弘法大師空海が、

「生期《しょうご》、今、汝等《なんじら》好く住して、仏法を慎み守れ。吾《わ》れ長く山に帰らん」

と遺言し奥之院に生き続けて、人々を救済していると信じられている地だ。

空也は未明に坐禅を半刻ほど組むと、その後、高野《こうや》十谷《じったに》を奔り廻り、喉が渇けば、高野山の岩棚から流れ落ちる水を掬《すく》って飲み、また奔り始めた。

ときに空地があれば、姥捨の郷で手造りした新しい薩摩剣法流の木刀《ぼっと》を手に、

「朝に三千、夕べに八千」

の素振りを行い、ふたたび奔りに戻った。

十人の武術家との命をかけた空也の戦いは己の心に「傷」を負わせていた。

(それがしが生涯負うべき心の傷だ)

そんな奔りの間、修験者が唱える、

「懺悔、懺悔、六根清浄」

を口にしながら、十番勝負で戦った武芸者たちの名と姿を思い出し供養《くよう》した。

ちなみにその面々とは、

一番勝負　東郷示現流　酒匂兵衛入道　肥薩国境久七峠
二番勝負　東郷示現流　酒匂参兵衛《さんのひょうえ》　肥後国《ひごのくに》球磨川《くまがわ》河口
三番勝負　異人剣法　マイヤー・ラインハルト　五島《ごとう》列島野崎島野首《のざきじまのくび》教会
四番勝負　高麗《こうらい》剣法　李智幹《りちかん》老師　松浦《まつら》藩平戸《ひらど》城址　狸櫓《たぬきやぐら》
五番勝負　東郷示現流　酒匂太郎兵衛《たろうひょうえ》　肥前《ひぜん》長崎崇福寺《そうふくじ》
六番勝負　高麗剣法　長南大《ちょうなんだい》　清国上海蕃族王黒石《しんこくシャンハイばんぞくおうこくせき》私邸
七番勝負　薩摩剣法　東郷四方之助《とうごうよものすけ》　周防国大平山阿弥陀《すおうのくにおおひらやまあみだ》寺
八番勝負　離相《りそう》流剣術　姓名不詳　山城国北山空也瀧
九番勝負　流儀不明　建部民部《たてべみんぶ》　近江国竹生島《ちくぶしま》八大竜王拝所
十番勝負　間宮一刀流　佐伯彦次郎　紀伊山地大台ヶ原・日出ヶ岳

の十士であった。

このうち負けに等しき勝ちもあった。いや、武者修行の最中の真剣勝負は偶然の出会いと機会がもたらしたものだ。勝ち負けはどうでもよかった。

はっきりしていることは、坂崎空也が戦った相手が彼岸に旅立ち、空也がこうして生き残っている事実だ。

さらにこの十番勝負のほかに四年半余の間に無数の剣術家と稽古をなし、真剣勝負を為したことがあった。とくにただいまの空也が忘れ難く思い出すのは、柳生の庄の正木坂道場で為した柳生武大夫師との、

「一夜勝負」

だった。空也も武大夫も息災だが、立ち合いの中身は濃いものであった。かように剣術家坂崎空也を育ててくれたのは無数の先達《せんだつ》の武芸者であった。

空也の生涯は、剣術家として命を賭《と》して戦ってくれた剣客らの冥福《めいふく》を祈ることでもあるのだと思い至り、

「懺悔、懺悔、六根清浄」

を唱えつつ奔った、ひたすら奔った。

海から山を見ていた。

潮岬《しおのみさき》沖合二十数里、外海パシフコを熊野灘に向かって東進する淀川二丸の船上から紀伊山地を望遠していた。山地の一角に戦いのあと、佐伯彦次郎の面影を見た空也は、両眼を閉じて合掌した。

大帆が風に鳴る音と潮騒《しおさい》だけが空也の耳に届いた。

脳裏に空也上人の言葉、

(捨ててこそ)

が浮かんだ。

四年七月、武者修行をこの教えに支えられて歩いてきた。だが、いま空也は濃密と思えた歳月に疑いを抱いていた。わが修行は無用無益ではなかったか。十人の武術家の死はなんのためだったか。

(果たして江戸に、尚武館に戻ってよいのか)

どれほどの時が流れたか。

「過ぎ去った武者修行の日々が懐かしいの」

眉月の声がした。

両眼を見開き、合掌をほどくと眉月を振り返った。

「生死を賭けた戦いの相手を忘れるには歳月を要しよう。いや、忘れることはできまい。それがし、さような来し方とともに生きていくしかござるまい」

と空也が言い切った。

「空也様、武者修行はさように過酷な生き方ですか」

「武者修行が終わったと感じたときから湧き上がってきた感慨です。眉月様、かような坂崎空也とこれからの時を過ごすことができますか」

空也のいきなりの、武骨な告白の言葉を眉月は沈思して聞いたが、

「十六歳の空也様が薩摩入りした武者修行の始まりから、二十一歳で武者修行を果たした空也様の姥捨の郷へのお戻りと、いずれも傍で見守ってきた女子は、渋谷眉月ただ一人《いちにん》です。これからの日々、ともに過ごして参りましょう」

と言い切った。

「有難い。もはや別れて暮らすことはない」

と空也が言い切ると眉月の背に腕を回して抱き寄せた。

「眉月は長いことこの刹那を夢見て過ごしてきました」

「それがしもじゃ」

しばし空也の言葉を吟味するように黙っていた眉月が、

「空也様、剣術の研鑽と眉月と、どちらが大事でございますか」

と念押しした。

「なに、剣術の研鑽と眉月様のどちらが大事と問うや」

「はい。空也様のお気持ちが知りとうございます」

空也は眉月を己の胸に抱きとめながら、熟慮した。

「眉月様、そなた、このところ神保小路のわが両親や身内と親しく付き合ってこられたな。それがしとわが伴侶《はんりよ》との暮らしは、坂崎磐音とおこんのふたりの生き方が模範となろう。父は、明和九年（一七七二）に朋友の河出《かわで》慎之輔《しんのすけ》様と小林《こばやし》琴平《きんぺい》様の三人で国許の豊後関前藩に立ち戻り、諸悪の根源である国家老の専断政治を改革する覚悟であったそうな。だが、関前藩を長年壟断《ろうだん》してきた国家老一派は狡猾を極めた。父ら三人は先手をとられ、ふたりの友と許婚《いいなずけ》の奈緒《なお》様を失う羽目になった。父は関前藩を離れて江戸で再起を目指された。その折り、両国西広小路にお店を構える両替商の奥向きを束ねていた町娘のおこんと知り合い、長年の夢の実現をふたりして目指すことになったのだ。おこんとの付き合いは商いや政《まつりごと》への関心に広がったそうな。それが、ただいまの剣術家坂崎磐音に、江戸神保小路で直心影流尚武館坂崎道場を運営されておることに結び付いておると思う。父の偉大さは、剣術の業前のみを過信しなかったことに尽きる。わが母おこんの今津屋での経験を踏まえつつ、ふたりして新たなる剣術の確立を目指しておられる。眉月様、それがし、両親の来し方を模範といたす。剣術の研鑽は、眉月様を幸せにすることと通じておると信じておる」

空也の一語一語を吟味していた眉月が、

「眉月、おこん様の生き方を見習いとうございます」

そのとき、淀川二丸が大波を食らって大きく揺れた。

空也は眉月をしっかりと抱きとめた。


江戸・神保小路。

尚武館坂崎道場の見所には今日も速水左近がいた。

「磐音どの、上様から空也はいつ江戸へ戻ってくると今日も質されたわ」

「今津屋の老分番頭由蔵どのの話では、すでに弁才船は和歌山城下の湊を出ておりますれば、あと四、五日後に江戸の内海に姿を見せましょう」

「そのことは上様に今朝がた申し上げたところじゃがな」

と左近の顔も困惑気味だ。

「速水様、われらがなんぞ為すことはありますまい。弁才船が佃島沖に帆を下ろし、碇《いかり》を沈めるのを待つ以外は」

「それがしは、さよう承知しておるがのう」

といった左近が話柄を変えた。

「もはや数日後に神保小路に一行が戻ってくるのははっきりしておる。磐音どの、今後の空也をどう処遇するな」

　磐音は速水の問いの真意を承知していた。ゆえに、

「速水様、空也は武者修行を終えたとは申せ、未だ二十一歳の未熟者にございますぞ」

「いや、歳は別にして今の坂崎空也は、上様が期待されるほど大きい人間となっておる。そなたが腹を決めぬとなれば、上様が近習衆《きんじゅしゅう》に命じられることもあろうぞ。そうなればなんのための武者修行か分からんではないか」

「上様はそこまでお考えですか」

「いちばんよきことは然《しか》るべき時期に尚武館道場の跡継ぎに命じ、世間に公表することだ」

「その一手しかございませんか」

「そなた、中川英次郎がことを案じておるか」

「いえ、その一件、英次郎どのと睦月のふたりから、『尚武館の跡継ぎは空也にと父から命じてくだされ』と告げられ、英次郎どの自らは、『尚武館の運営に携わりたい』との申し出がございましたでな、それがしも、直心影流の技術指導は

空也、大所帯になった尚武館の運営は英次郎どのとする、二人体制がよかろうと腹を固めたところです」

「ならば、差し障りはないではないか。上様の命がある前に二人体制を道場内外に発布《はっぷ》なされ」

との速水左近の言葉が磐音の気持ちを改めて固めさせた。


淀川二丸船上。

熊野灘沖合で千五百石の弁才船は、春の陽射しを受けて、大波に揉《も》まれながらも江戸へと順調に進んでいた。

空也はこの数日、木刀も修理亮盛光も手にすることなく淀川二丸の舳先に坐して、

(捨ててこそ)

の五文字と改めて向き合い、参禅していた。

その模様を利次郎と眉月が見ていた。

「もはやそれがしが知る空也どのとは違った剣術家ですぞ。どうです、眉月様、薩摩の川内川の葭原で半死半生で助けられた空也どのと、今、船上で坐禅を組む

若武者とは違った空也どのではございませんかな」

「いえ、空也様はいついかなるときも眉月にとって坂崎空也様でございます」

と眉月が笑みの顔で言い切った。

寛政十二年春、己しか知らぬ迷いを振り切ろうと若武者は坐禅に没頭していた。

あとがき

　私が「老い」をリアルに感じたのは七十代半ばではないか。階段を上がり下がりする折り、ふらつく不安に見舞われた。こんな感覚はそれまでになかったことだ。わが熱海は山から海へ下る斜面に町の大半が造成されている。ために足腰の衰えはすぐに自覚できる。

「老い」を避けることはできないが、先に延ばすことはできよう。そんなわけで飼い犬のみかんとともに夜明け頃から散歩に出る。家から五分ほどの場所に車を駐め、みかんと速足で歩く。犬仲間と出合っても挨拶だけで足を止めることはない。

　いくつかの散歩パターンがあるが海岸沿いの遊歩道から町なかへ上り下りを歩くこと四十五分、万歩計で四千歩が朝の日課。さらに朝湯に入った折り、手足のストレッチなど三十分。午後の散歩は車で遠出して気分転換を図り、比較的ゆったりと歩く。一日平均六千歩から八千歩が七十代半ばからのノルマだった。が、この数年前より日課の歩きに疲れを覚えるようになった。ああ、これが晩年かと意識した。

作者は還暦を迎えた年から読み物「居眠り磐音」シリーズ五十一巻と、さらに磐音の嫡子の物語「空也十番勝負」の連作と付き合ってきた。磐音と空也の物語が現か夢か区別つかぬほどのわが晩年だ。

最終巻『奔れ、空也』脱稿に「空也十番勝負」完結と己に言い聞かせているが、「終わった気がしないのはなぜだろうか」

作者八十一歳に差し掛かり、なんとしても坂崎磐音の晩年を描きたい希求に苛まれているからだ。つまり青春時代の「空也十番勝負」は完結しても、即『磐音残日録』に手を出せないのは、磐音と空也の歳だ。磐音は五十代半ば、空也は弱冠二十一歳だ。むろんこの物語が人生五十年の江戸に忠実に照らして描写されるならば、

「磐音五十代半ばの長寿を保ち」

と書いても不思議はないであろう。ちなみに幕末頃の江戸の平均寿命は男四十

歳と少しとか、となると磐音は十分に後期高齢者だ。このままで物語の展開に不自然はない。歴史小説ならば当然手を入れる要はなく、「磐音五十代半ば」での物語進行だろう。

だが、磐音と空也の剣術家親子の物語は、「文庫書下ろし時代小説」と称されるカテゴリーの読み物だ。

「人生五十年」に憧れた江戸時代ではない。

令和の御代、「人生百年」うんぬんが喧伝される。となると読み物作家は自分の老いや体力の衰えに重ね合わせて、物語の主人公たちの行く末を描きたいと考えた。

私にとってライフワークの「居眠り磐音」シリーズの『磐音残日録』は、作者の私が日々体験している体力衰退の感覚で磐音の残り少ない晩年を捉えたいのだ。そんなわけで江戸末期、後期高齢者の磐音を現在の私の「老い」感覚で描写していく道を選んだのだ。となると、しばらく磐音には「壮年期」の歳月が残されていることになる。そんな剣術家親子の葛藤や対立や融和の物語を描きたいと思ったのだ。

文庫書下ろし時代小説作家の都合のいい話を読まされる読者諸氏にひたすらお

詫びする。どうか、引き続き磐音と空也父子の「壮年若年篇」というべき物語としばらくお付き合いください。

念押しします。

「空也十番勝負」は当初の予定どおり十巻の『奔れ、空也』にて完結致しました。

令和五年（二〇二三）三月　熱海にて

佐伯泰英

この作品は文春文庫のために書き下ろされたものです。

編集協力　澤島優子
地図制作　木村弥世

本書の無断複写は著作権法上での例外を除き禁じられています。
また、私的使用以外のいかなる電子的複製行為も一切認められておりません。

文春文庫

奔《はし》れ、空《くう》也《や》

空《くう》也《や》十《じゆう》番《ばん》勝《しよう》負《ぶ》（十）

定価はカバーに
表示してあります

2023年5月10日　第1刷

著　者　佐《さ》伯《えき》泰《やす》英《ひで》

発行者　大沼貴之

発行所　株式会社 文藝春秋

東京都千代田区紀尾井町 3-23　〒102-8008
TEL 03・3265・1211㈹
文藝春秋ホームページ　http://www.bunshun.co.jp

落丁、乱丁本は、お手数ですが小社製作部宛お送り下さい。送料小社負担でお取替致します。

印刷製本・凸版印刷

Printed in Japan
ISBN978-4-16-792035-7

電子

佐伯泰英作品

酔いどれ小籐次

（決定版 全19巻＋小籐次青春抄 合本あり）

新・酔いどれ小籐次

（全25巻 合本あり）

照降町四季

（全4巻 合本あり）

空也十番勝負

（決定版5巻＋5巻）

PCやスマホでも読めます！

電子書籍のお知らせ

居眠り磐音

居眠り磐音〈決定版〉

① 陽炎ノ辻 かげろうのつじ
② 寒雷ノ坂 かんらいのさか
③ 花芒ノ海 はなすすきのうみ
④ 雪華ノ里 せっかのさと
⑤ 龍天ノ門 りゅうてんのもん
⑥ 雨降ノ山 あふりのやま
⑦ 狐火ノ杜 きつねびのもり
⑧ 朔風ノ岸 さくふうのきし
⑨ 遠霞ノ峠 えんかのとうげ
⑩ 朝虹ノ島 あさにじのしま
⑪ 無月ノ橋 むげつのはし
⑫ 探梅ノ家 たんばいのいえ
⑬ 残花ノ庭 ざんかのにわ
⑭ 夏燕ノ道 なつつばめのみち
⑮ 驟雨ノ町 しゅううのまち
⑯ 螢火ノ宿 ほたるびのしゅく
⑰ 紅椿ノ谷 べにつばきのたに
⑱ 捨雛ノ川 すてびなのかわ
⑲ 梅雨ノ蝶 ばいうのちょう
⑳ 野分ノ灘 のわきのなだ
㉑ 鯖雲ノ城 さばぐものしろ

㉒荒海ノ津 あらうみのつ
㉓万両ノ雪 まんりょうのゆき
㉔朧夜ノ桜 ろうやのさくら
㉕白桐ノ夢 しろぎりのゆめ
㉖紅花ノ邨 べにばなのむら
㉗石榴ノ蠅 ざくろのはえ
㉘照葉ノ露 てりはのつゆ
㉙冬桜ノ雀 ふゆざくらのすずめ
㉚侘助ノ白 わびすけのしろ
㉛更衣ノ鷹 きさらぎのたか 上
㉜更衣ノ鷹 きさらぎのたか 下
㉝孤愁ノ春 こしゅうのはる
㉞尾張ノ夏 おわりのなつ
㉟姥捨ノ郷 うばすてのさと
㊱紀伊ノ変 きいのへん
㊲一矢ノ秋 いっしのとき
㊳東雲ノ空 しののめのそら
㊴秋思ノ人 しゅうしのひと
㊵春霞ノ乱 はるがすみのらん
㊶散華ノ刻 さんげのとき
㊷木槿ノ賦 むくげのふ
㊸徒然ノ冬 つれづれのふゆ
㊹湯島ノ罠 ゆしまのわな
㊺空蟬ノ念 うつせみのねん
㊻弓張ノ月 ゆみはりのつき
㊼失意ノ方 しついのかた
㊽白鶴ノ紅 はっかくのくれない
㊾意次ノ妄 おきつぐのもう
㊿竹屋ノ渡 たけやのわたし
51旅立ノ朝 たびだちのあした

新・居眠り磐音

①奈緒と磐音 なおといわね
②武士の賦 もののふのふ
③初午祝言 はつうましゅうげん
④おこん春暦 おこんはるごよみ
⑤幼なじみ おさななじみ

酔いどれ小籐次

新・酔いどれ小籐次

① 神隠し　かみかくし
② 願かけ　がんかけ
③ 桜吹雪　はなふぶき
④ 姉と弟　あねとおとうと
⑤ 柳に風　やなぎにかぜ
⑥ らくだ
⑦ 大晦り　おおつごもり
⑧ 夢三夜　ゆめさんや
⑨ 船参宮　ふなさんぐう
⑩ げんげ
⑪ 椿落つ　つばきおつ
⑫ 夏の雪　なつのゆき
⑬ 鼠草紙　ねずみのそうし
⑭ 旅仕舞　たびじまい
⑮ 鑓騒ぎ　やりさわぎ

酔いどれ小籐次 〈決定版〉

⑯ 酒合戦 さけがっせん
⑰ 鼠異聞 上 ねずみいぶん じょう
⑱ 鼠異聞 下 ねずみいぶん げ
⑲ 青田波 あおたなみ

① 御鑓拝借 おやりはいしゃく
② 意地に候 いじにそうろう
③ 寄残花恋 のこりはなをするこい
④ 一首千両 ひとくびせんりょう
⑤ 孫六兼元 まごろくかねもと
⑥ 騒乱前夜 そうらんぜんや
⑦ 子育て侍 こそだてざむらい
⑧ 竜笛嫋々 りゅうてきじょうじょう

⑨ 春雷道中 しゅんらいどうちゅう
⑩ 薫風鯉幟 くんぷうこいのぼり
⑪ 偽小籐次 にせことうじ
⑫ 杜若艶姿 とじゃくあですがた
⑬ 野分一過 のわきいっか
⑭ 冬日淡々 ふゆびたんたん
⑮ 新春歌会 しんしゅんうたかい
⑯ 旧主再会 きゅうしゅさいかい

⑳ 三つ巴 みつどもえ
㉑ 雪見酒 ゆきみざけ
㉒ 光る海 ひかるうみ
㉓ 狂う潮 くるううしお

㉔ 八丁越 はっちょうごえ
㉕ 御留山 おとめやま

⑰ 祝言日和 しゅうげんびより
⑱ 政宗遺訓 まさむねいくん
⑲ 状箱騒動 じょうばこそうどう

小籐次青春抄
品川の騒ぎ・野鍛冶 のかじ